FALLING

#3 Elizabeth

J.S. COOPER

FALLING

#3 Elizabeth

Traduit de l'anglais
par Anne Rémond

EDITIONS PRISMA

Titre de l'édition originale :
FALLING FOR MY BOSS

Responsable éditoriale : Ambre Rouvière
Éditeur : Nicolas Rabeau
Correction et composition : Nord Compo Multimedia
Conception graphique de la couverture : Chloé Sadoun
Photographie de couverture : © Dari Ya/Shutterstock

ISBN : 978-2-8104-1881-7

PEFC 10-31-1601 Certifié PEFC pefc-france.org

Depuis 2009, Prisma Media met en place une politique d'achat éco-responsable. Ainsi, près de 100 % du papier de nos magazines est certifié PEFC (gestion durable des forêts). La fabrication des livres des Éditions Prisma s'inscrit également dans cette démarche.

Prologue

Un mois après mes deux derniers rôles

– Veux-tu savoir ce que j'ai envie de te faire ?, murmure-t-il doucement à mon oreille.

Mes jambes tremblent, et ma peau frissonne au contact de son haleine chaude. Il n'attend pas ma réponse et poursuit lentement d'une voix charmeuse.

– Je t'attacherai pour que tu ne puisses plus bouger, j'étalerai de la crème chantilly sur tes seins, puis je...

– Scott !

Mon visage s'empourpre quand je remarque les coups d'œil perplexes et curieux de sa sœur Liv et de sa meilleure amie, Alice. Elles parcourent un album photo de leurs années au lycée dans la pièce attenante.

– Oui, Elizabeth ?

Il se recule d'un pas et m'adresse un sourire innocent.

– Arrête ça !, je lui souffle dès que Liv et Alice détournent le regard.

– Arrêter quoi ?, me demande-t-il d'un petit air narquois, tout en faisant courir doucement son doigt sur mes lèvres.

– Tu ne peux pas faire ça.

Je le fusille du regard, avant de lorgner vers sa sœur et son amie. À quoi joue-t-il ? Va-t-il révéler que nous nous connaissons déjà ? Mon visage et mon ventre s'embrasent alors que je lui fais face. Oh non, il ne va tout de même pas leur parler de notre histoire ?

– Tu apprendras que je peux faire ce que je veux. Et je pense, poursuit-il en susurrant à mon oreille, qu'après avoir étalé de la chantilly sur tes seins et ton ventre tu me supplieras de faire ce que j'ai en tête.

– Et de quoi s'agit-il ?

J'ai la gorge nouée, je n'en reviens pas d'entrer dans son jeu. Comme si je me préoccupais de ce qu'il va dire. Comme si j'avais envie de ses lèvres sur moi. Encore. Je secoue légèrement la tête pour me rappeler à l'ordre : je n'ai absolument pas envie qu'il pose à nouveau ses lèvres sur moi. Ça non. Non merci. Je n'ai pas besoin de sentir le corps musclé et sensuel de Scott Taylor glisser…

– Elizabeth, tu m'écoutes ?, souffle-t-il à mon oreille, et je fais un bond en arrière. Ou devrais-je dire Eliza… (il s'interrompt pour afficher un grand sourire) Doolittle ?

– Que veux-tu que je dise, Scott ?, je lui rétorque, en haussant le ton, incapable de résister à son jeu.

– Je veux que tu me promettes que la prochaine fois que je te baiserai, tu ne joueras pas la comédie.

– La prochaine fois ?

Je suis bouche bée, non seulement à cause de son franc-parler, mais aussi parce qu'il pense que nous allons nous remettre ensemble.

– Oui. (Il sourit, et ses yeux bleus amusés plongent dans les miens.) Seulement cette fois, c'est toi qui auras le choc de ta vie !

Première partie

La première fois que j'ai travaillé pour l'un des frères Taylor.

Il y a certains jobs que l'on ne devrait jamais accepter. Quand bien même on a terriblement besoin d'argent. Quand bien même le patron est séduisant. Il y a certains jobs que l'on ne devrait jamais accepter – sauf si l'on a une tendance à l'autodestruction. Encore plus si l'on a le pressentiment qu'on n'aura aucun scrupule à coucher avec son patron.

J'ai dû apprendre cette leçon à mes dépens. Pas une fois, mais deux.

1.

– Un dieu vivant, je me murmure en fixant la photographie, tandis que mon cœur bat la chamade.

Cet homme, Scott Taylor, a des cheveux bruns, des yeux d'un bleu marine profond et semble mesurer un mètre quatre-vingt-dix. Il a une barbe naissante et fixe l'objectif d'un air sérieux, ses lèvres esquissant un léger rictus. « Sexy » est un mot trop faible pour le décrire. Ce Scott Taylor est l'incarnation même de l'homme parfait. Il est divinement beau, et je sais que cette photographie influe sur ma décision d'accepter ou non cette mission.

– Lacey, je grommelle au téléphone. On m'a demandé de me déguiser en secrétaire, d'aller dans le bureau de cet homme et de lui faire une *lap dance*. Je ne sais vraiment pas si j'en suis capable.

Je rougis en contemplant la photo, consciente de mentir. Je n'aurais aucune difficulté à danser lascivement pour M. Sexy s'il était mon petit ami – mais il ne l'est pas. Je ne le connais ni d'Ève ni d'Adam. Il ne soupçonne même pas mon existence. Il n'a pas non plus la moindre idée que ses collègues ont l'intention de lui faire une farce.

– Pas question ! Tu es strip-teaseuse maintenant ou quoi ?, s'indigne Lacey, ma meilleure amie. Je croyais qu'à ton travail vous ne faisiez que vous déguiser pour des anniversaires et des trucs de ce genre ?

– C'est le cas… Mais mon patron reçoit parfois des demandes particulières, et elles paient plus.

– Combien ?

– Dans les deux cents dollars, je lui réponds, avant de gémir à nouveau en m'allongeant sur mon lit, la photographie de Scott Taylor à bout de bras. Est-ce que renoncer à ma dignité vaut deux cents dollars ?

Je regrette que Lacey ne soit pas là en personne afin de me conseiller et de me sonner les cloches pour ne serait-ce qu'envisager d'accepter ce travail. Le plus déprimant, c'est que ce n'est pas la prime de deux cents dollars qui pèse le plus dans la balance, mais faire la rencontre de ce Scott.

– Il y a peu de chose que je refuserais de faire pour deux cents dollars, lance Lacey, ce qui me fait rire. Et fais-moi confiance, tu ne perdras jamais ta dignité.

– Quand viens-tu me rendre visite ?

J'essaie de ne pas donner l'impression de me lamenter, mais je me lamente bel et bien. Ne pas avoir ma meilleure amie à mes côtés m'attriste.

– Bientôt, répond-elle d'une voix enjouée. Dès que j'aurai terminé mon premier livre.

– Tu pourrais l'écrire ici. Et tu pourrais vivre chez moi. Je te ferais cadeau du loyer.

– Eliza, je t'adore, mais tu es à peine capable de payer ton loyer. Alors imagine si on se retrouvait toutes les deux à la rue ? Où irions-nous ?

– Tu me manques. J'aimerais que tu habites déjà ici…

Lacey et moi sommes amies depuis nos quatre ans. Nous sommes devenues *meilleures* amies à sept ans et sommes restées inséparables durant toute notre scolarité jusqu'à l'université. Ce n'est qu'à la fin de nos études que cela s'est compliqué. Je suis venue vivre en ville pour réaliser mon rêve de toujours – devenir actrice –, et Lacey est retournée chez ses parents afin d'écrire un livre. Ou plutôt devrais-je dire « le livre ». Ce sera un best-seller. Il sera si excellent que tous les éditeurs et agents littéraires se le disputeront. Lacey deviendra riche et célèbre, et pourvoira à nos besoins jusqu'à ce que nous nous dégotions un mari. L'autre plan, c'est que je décroche un rôle dans une superproduction avec Bradley Cooper, devienne une star et la prenne sous mon aile. Mais, jusque-là, aucun de nos plans ne s'est concrétisé. Le roman de Lacey ne comporte que dix pages, et ma carrière d'actrice est inexistante, mis à part les rôles que j'ai tenus pour Candy Canes Birthday Grams. Cette entreprise est dirigée par Bob Johnson, qui est à peu près aussi louche qu'on pourrait l'attendre d'un homme de cinquante-cinq ans à la barbe touffue et dont la penderie regorge de marcels. J'ai accepté ce travail, car j'avais désespérément besoin d'argent, mais certaines de mes dernières missions m'ont semblé plutôt douteuses. Celle-ci est la plus extrême cependant. Franchirais-je une limite en donnant une *lap dance* à un inconnu ? Certes, il s'agit d'une plaisanterie, mais ferait-elle de moi une sorte de dépravée bon marché ?

– Que vas-tu faire, Eliza ?, me demande Lacey avec empressement – mon dilemme la passionne, je le sais bien.

– Tu as reçu la photo que je t'ai envoyée ? Bob me l'a donnée pour me prouver que le client n'est pas louche.

– Oui, il est canon. Très canon même ! Tu devrais accepter. Après tout, c'est une aubaine d'être payée deux cents dollars pour rencontrer cet homme !

– Je vais faire plus que de le rencontrer. Je vais faire semblant d'être sa nouvelle secrétaire et lui faire une danse torride dans son bureau. Jusqu'à ce que ses collègues fassent irruption et crient « Surprise ! » Je me demande vraiment si je ne m'aventure pas sur un terrain glissant avec ce job.

– Fais-le !, ricane-t-elle. Que peut-il t'arriver au pire ?

Je me redresse et secoue la tête. Nous savons toutes les deux quel peut être le pire. Je l'ai déjà vécu. Enfin, c'est le passé, et la situation actuelle est très différente. Peut-être est-ce ce qu'il me faut pour me remettre dans la danse et me sentir plus à l'aise avec les hommes.

– Tu as une mauvaise influence sur moi, Lacey.

– C'est pour ça que tu m'adores, plaisante-t-elle.

J'imagine ses yeux noisette se plisser tandis qu'elle rit.

– Si j'accepte ce boulot, viendras-tu me voir ? Je peux te payer le billet avec les deux cents dollars, je lui propose, ignorant le nœud dans mon estomac qui me conseille plutôt de déposer cet argent à la banque.

– Vendu ! J'ai hâte.

– Moi aussi, dis-je doucement tout en observant le cliché de Scott – mais ce n'est pas à la venue de Lacey que je fais allusion.

– Alors qu'en penses-tu, Liz ?

Bob, les sourcils froncés, me fixe avec impatience. Il s'efforce réellement de faire comme si ma réponse lui était égale, mais je sais qu'il n'a qu'une seule idée en tête : l'argent qu'il va potentiellement empocher. J'imagine qu'il touche cinquante pour cent de la somme offerte, ce qui est terriblement injuste, mais que puis-je y faire ? Pas grand-chose à vrai dire.

– Je ne sais pas trop, lui réponds-je nonchalamment, même si je suis quasiment certaine d'accepter ce travail.

J'espère qu'en feignant la nonchalance, Bob s'affolera et me proposera davantage d'argent. C'est du moins ce que l'ouvrage de développement personnel que je lis en ce moment recommande pour réclamer une augmentation à son supérieur : lui faire croire qu'il est sur le point de nous perdre (méthode efficace uniquement si l'on est un employé estimé, ce que j'espère être).

– Tu vas te faire deux cents dollars.

Les yeux louches de Bob sortent de leurs orbites. Je réprime un ricanement devant la panique qui se lit sur son visage.

– Oui, mais deux cents dollars, ce n'est pas tant que ça. Cela ne vaut pas que je perde ma dignité.

Ma première phrase est un mensonge : deux cents dollars, c'est beaucoup pour moi. Mais je ne vais pas laisser Bob empocher la même somme, alors que c'est moi qui dois jouer les strip-teaseuses et agiter mes attributs féminins devant un inconnu, peu importe que celui-ci ressemble à Scott Taylor.

– Tu ne m'as pas dit que tu avais besoin de te faire le moindre centime que tu pouvais ?

Bob me jette un regard suspicieux. Je sais à sa façon de plisser les yeux qu'il se demande si je lui mens ou non.

– C'est vrai, mais je ne suis pas désespérée au point de m'asseoir sur mes principes.

– Trois cents alors, lâche-t-il d'un air contrarié.

– Marché conclu, lui réponds-je aussitôt, mes doutes disparaissant en un clin d'œil.

Ces trois cents dollars me permettront d'acheter le billet d'avion pour Lacey et de régler toutes mes factures mensuelles. J'ai presque le sentiment d'être riche, de ne plus avoir à m'inquiéter si l'électricité sera coupée avant la fin du mois. Je sais que j'ai toujours l'option de chercher un « vrai travail », avec des horaires de bureau et qui m'assurerait un meilleur salaire, mais je sais aussi que cela m'empêcherait de me rendre aux auditions et, sans les auditions, je ne percerai jamais en tant qu'actrice.

– Que penses-tu de deux cent cinquante ?, se ravise Bob.

Je lui fais non de la tête, tout en me demandant si les canettes qui s'entassent dans son bureau lui ont fait perdre tous ses neurones.

– Vous m'avez déjà proposé trois cents dollars, et j'ai accepté, je lui affirme catégoriquement. Et je veux être payée avant la mission, sinon je ne la fais pas.

– Tu peux me faire confiance, Elizabeth, m'assure-t-il en fronçant les sourcils. Pas la peine de jouer les divas avec moi. Tu sais bien que tu auras ton argent.

– Je veux une liasse de billets de vingt dans ma main. (Je me pince les lèvres et pose mes mains sur mes hanches.) Sans quoi, je ne fais pas ce job.

– Je peux trouver quelqu'un d'autre, tu sais, réplique-t-il vexé, mais nous savons tous les deux qu'il ment.

Bob n'a que trois autres employés : un homme de la cinquantaine qui se prend pour Hulk Hogan, une jeune septuagénaire dont je suis quasiment certaine qu'elle est la mère de Hulk, et puis Jessica, dix-huit ans, un vrai rat de bibliothèque. Elle dépense tout l'argent qu'elle gagne dans des livres. Elle porte de grosses lunettes rondes, des jeans amples et n'a jamais eu de rencard. Je sais que, pour rien au monde, elle n'acceptera cette mission. Qui plus est, Bob est trop pingre pour engager quelqu'un d'autre.

– Oh, bon d'accord. Si c'est ce que vous voulez... (Je tourne les talons et me dirige vers la porte.) Je vais chercher le costume de clown pour l'anniversaire de cet après-midi. À plus tard.

– Attends ! (Je perçois de la panique dans la voix de Bob.) Fais cette mission avec Scott Taylor. Je te l'ai proposée en premier. Ce ne serait pas juste de la confier à Jessica.

– Très bien. Merci Bob. (Je lève les yeux au ciel avant de me retourner vers lui.) Préparez mon argent pour demain, et ce sera bon pour moi.

– Avez-vous mon argent, Bob ?, je lui demande depuis la porte de son bureau, avec un haussement de sourcils.

Il est occupé à s'empiffrer d'un Big Mac et, à la vue du nombre de sachets sur son bureau, je m'inquiète qu'il ait dépensé mon salaire dans tous les menus du McDonald's.

– Je suis allé à la banque, et ils n'ont pas pu me donner plus de deux cents dollars, me répond-il, un morceau de salade entre les lèvres.

Je détourne le regard non seulement car mon estomac crie famine, mais aussi pour éviter de rire.

– Oh ? Ils n'avaient plus d'argent ?

Je repose les yeux sur lui, la main droite campée sur ma hanche.

– Non, fait-il en secouant la tête. (Ses yeux de fouine me dévisagent attentivement.) C'est pour cela que je n'ai que deux cents pour toi.

– Dans ce cas, vous feriez mieux de contacter Jessica. (Je fais volte-face.) Ah, et trouvez-vous une banque capable de donner à ses clients plus de deux cents dollars à la fois !

– Attends, attends !, me lance Bob qui se lève d'un bond, et je me retourne. Je me suis adressé au directeur ; il s'est arrangé pour qu'on m'accorde cent dollars de plus.

– Mouais, dis-je en me demandant pour quel genre d'idiote il me prend. Où est l'argent ?

J'attends, la main tendue. Bob paraît contrarié. Je devine qu'il cherche une excuse pour en conserver une partie.

– Voilà.

Je fais la moue en apercevant l'énorme liasse de billets d'un dollar qu'il me remet. Quel crétin !

– J'ai besoin que tu signes une clause de confidentialité.

– Quoi ? Qu'est-ce que c'est que cette histoire ?

– Tu ne dois pas révéler à ton nouveau patron que ses amis t'ont engagée pour lui faire une farce.

– Je ne dirai rien, je rétorque, irritée. Du moins, pas avant la fausse *lap dance* et l'irruption de ses amis dans son bureau.

– Il y a eu du changement, m'explique Bob tout en me tendant une feuille et un stylo. Signe ici.

Je remarque sur le contrat que le nom du client est « H. Smith ». Je fronce les sourcils, puis signe rapidement le document, avant de relever les yeux sur Bob.

– Qu'est-ce qui a changé ?

– Eh bien, tu ne vas pas révéler la supercherie immédiatement.

Il me reprend le contrat des mains.

– Euh, comment ça ?

Je me renfrogne, ne comprenant pas.

– Les types qui ont fait appel à nous pensent que ce serait encore plus drôle si tu travailles là-bas pendant une semaine et fais ta danse à leur fête de bureau.

– Quoi ? (Ma voix trahit mon effroi.) Vous plaisantez ?

– Non. (Il affiche un large sourire.) Je leur ai répondu que ce ne serait pas un souci.

– Hors de question que je travaille là-bas une semaine pour trois cents dollars !, je proteste en haussant le ton. Vous ne pouvez pas m'obliger à le faire, Bob.

– Tu viens de signer le contrat. (Il hausse les épaules et retourne vers son bureau.) Et tu as déjà pris l'argent.

– Pour une mission d'un jour, pas d'une semaine ! Ce n'est pas juste, Bob, et cela ne semble pas l'être non plus pour ce Scott Taylor. Une semaine, c'est long pour duper quelqu'un, et toute cette histoire de *lap dance* me paraît tordue.

– Ce n'est pas nous qui fixons les règles ; nous nous contentons de les suivre.

– Mais ce ne sont pas des règles ça, Bob. C'est ridicule.

– Tu ne disais pas être bonne actrice ? (Il marque une pause et me jette un regard perplexe ;

mon estomac se contracte.) Une bonne actrice peut accepter n'importe quel rôle.

– Mais je suis une bonne actrice !

Je déteste quand il me manipule. En réalité, je déteste Bob. Je sais que je devrais chercher un autre travail, mais ma paresse m'en empêche.

– Alors accepte cette mission et ferme-la, dit-il en se rasseyant sur sa chaise, avant de porter quelques frites à sa bouche.

– Vous êtes un enfoiré.

Je suis sur le point de quitter son bureau quand il prononce les mots qui changent tout.

– Tu seras payée trois cents dollars par jour pendant une semaine.

Je me fige sur place. Est-il sérieux ? Trois cents dollars par jour, c'est une somme rondelette.

– Et donc, je commence un lundi et termine le vendredi ?

– Tu commences lundi prochain, me répond-il en prenant une grande gorgée de Coca (du light, quelle ironie !). Tu seras sa secrétaire et tu le dragueras toute la semaine. La fête a lieu le samedi. Tu iras là-bas, lui feras une *lap dance* sexy, puis ses amis feront leur entrée en criant « Surprise ! » Et ta mission s'arrêtera là.

– Euh, c'est quoi au juste une *lap dance* sexy ?

Je fronce les sourcils, et mon cœur bat à toute allure. Tout me paraît assez simple, sauf cette histoire de danse. À quoi ces clients s'attendent-ils exactement, et pourquoi ?

– Une danse privée en minijupe et en soutien-gorge.

– Vous n'êtes pas sérieux ? (Je le fusille du regard.) En soutien-gorge ?

– Fais comme si tu jouais dans *Showgirls* avec Elizabeth Berkley. (Il s'arrête de manger, et je remarque son regard perdu dans le vide.) Tu devrais peut-être regarder ce film pour t'en inspirer. (Il rêvasse, les yeux pétillants.) Étudie comment elle se déhanche quand elle danse dans le club. Lorsqu'elle se penche en avant et que le type se retrouve la tête entre ses nichons. Hmm…

– Bob !, je m'écrie, écœurée. Vous êtes devenu complètement fou ?

– Oups, je me suis égaré. (Il me regarde d'un air coupable.) Pardon.

– Mouais, je murmure, avec la sensation d'avoir besoin d'une douche.

– Regarde quelques films, imprègne-toi des mouvements, présente-toi lundi et fais le job, dit-il avant d'ouvrir un dossier. Nous avons plusieurs anniversaires ce week-end. Tu te sens de te déguiser en éléphant samedi ?

– En éléphant ? Non.

– J'imagine que je peux demander à Jessica. (Il grimace.) C'est bon, tu peux y aller maintenant.

– Quand aurai-je le reste de l'argent ?, je lui demande, en m'arrêtant à la porte de son bureau.

– Ils te paieront là-bas.

Sa moue m'indique qu'il dit la vérité. Il est contrarié, car il ne pourra pas mettre ses sales pattes sur mon argent.

– Donc je me pointe tout simplement là-bas lundi en disant que je suis la nouvelle assistante de Scott Taylor ?

– Ouais. Je t'enverrai l'adresse par e-mail.

– Et il ne va pas trouver cela louche ?

– Non, fait-il en secouant la tête. Ah, et mets un tailleur sexy pour aller travailler.

– Quoi ?

– Oui, ta mission, c'est de séduire cet homme pour qu'il te laisse lui faire une *lap dance* à la fête de samedi.

– Je ne comprends vraiment pas ce qu'il y a de drôle là-dedans…

Je sais que Bob se moque de mon opinion, mais je ne saisis pas du tout le type de plaisanterie à laquelle ces gens s'attendent. Je n'ai jamais fait quelque chose dans ce genre depuis que je travaille pour Bob et son entreprise Candy Canes. Il me semble qu'il accepte de plus en plus de missions qui ne sont pas de simples surprises d'anniversaire. Est-ce que je laisse Bob m'entraîner sur un terrain glissant ? Que me demandera-t-il la fois suivante ? Sortir nue d'un gâteau géant pour cinq cents dollars ?

– Ce n'est pas notre problème. (Bob hausse les épaules.) On se contente de prendre les sous.

– Est-ce vraiment la vie que nous avons envie de mener ?, je le questionne doucement. Faire n'importe quoi pour gagner de l'argent ? Sommes-nous prêts à vendre notre âme pour quelques billets ?

– Je ne sais pas pour toi, me répond Bob en avalant goulûment quelques frites, mais je pense qu'à ta place je serais content d'être payé pour flirter avec un mec canon. J'ai l'impression que tu ne mets pas beaucoup de piment dans ta vie.

– Au revoir Bob, je lui lance, vexée. (J'ai l'intention de quitter son bureau pour de bon avant que ma colère n'éclate, quand une pensée m'arrête.) Au fait, je veux une copie du contrat que je viens de signer.

– Oui, oui… Je te l'enverrai par e-mail.

Bob lève les yeux au ciel, et je sors de son bureau en me demandant dans quoi je me suis fourrée. Je m'empare aussitôt de mon téléphone pour appeler Lacey afin qu'elle m'aide à retrouver mon calme.

– Merci d'avoir contacté Chaud & Sauvage, où les femmes sont chaudes et les hommes sauvages, répond Lacey à l'autre bout du fil, d'une voix chantante.

– Pas maintenant, Lacey, je ronchonne.

– Houla, qu'est-ce qui ne va pas ?

– Mon patron est un connard, et je pense qu'il va tenter de me prostituer ou un truc du genre.

– Te prostituer ?

– Ou me vendre en esclave ou je ne sais quoi, j'ajoute d'un ton bougon. Je crois que je fais une bêtise.

– Tu parles du job de strip-teaseuse ?

– Ce n'est pas un job de strip-teaseuse. Je vais être l'assistante d'un type pendant une semaine, puis je lui ferai une *lap dance* lors d'une soirée d'entreprise, avant que ses amis n'arrivent en criant « Surprise ! »

– Alors quel est le problème ?, demande innocemment Lacey. Ce n'est qu'un boulot.

– Je sais bien, mais ce mec est sexy et… Et s'il se passait quelque chose ?

– Que veux-tu dire ? Qu'est-ce qui pourrait arriver ?

– Et s'il bandait pendant la danse par exemple ? Ou… Tu vois, quoi.

– Non, quoi ?, fait-elle tout excitée.

– Et si j'aime ça ?, maugréé-je, en songeant à la photographie. Il a l'air canon.

– Ma belle, on dirait que tu es en manque !, s'esclaffe Lacey. Sors avec l'un de ces types des sites de rencontres et concentre-toi sur eux plutôt que sur ce mec que tu ne connais même pas.

– Je n'ai pas envie de rencontrer ces gars, je soupire en montant dans ma voiture. Ils ne sont pas mon genre.

– Tu ne peux pas savoir tant que tu ne les as pas rencontrés, me rétorque Lacey d'un ton détaché. Et ce mec, Mike ? Il paraissait mignon. Tu dois aller de l'avant, Elizabeth. Sinon, tu vas passer le reste de ta vie à penser à qui tu sais.

– Oui, c'est vrai, il avait l'air craquant dans son uniforme de l'armée. Mais on ne voyait pas très bien son visage.

Je ne réponds pas à son allusion concernant mon ex, Shane. Elle a raison : il ne mérite pas que je pense à lui. Plus maintenant.

– Il sert notre pays, Eliza ; cela vaut bien un rencard avec toi.

– Sans doute, je lui concède en riant. Pour le remercier de son dévouement à la patrie !

– Tu vois, si tu as un petit ami militaire et canon, tu n'auras pas à te soucier du mec pour qui tu fais semblant de travailler.

– Je doute que Mike devienne mon petit ami en moins d'une semaine. Tu es bête !, lui réponds-je en souriant au volant de ma voiture.

– Tu ne diras pas la même chose s'il te demande en mariage ce week-end.

– Tu rêves Lacey, je ne l'ai même pas encore rencontré.

– Fais sa connaissance ce week-end. Du coup, quand tu commenceras ta mission lundi, tu auras quelqu'un à qui penser, et tu ne seras pas obsédée par ton prétendu patron.

– Oui, j'imagine que tu as raison. Très bien, je lui écrirai ce soir pour savoir s'il est disponible vendredi soir par exemple.

– Bonne idée ! Et tu verras, tu décrocheras plus vite que tu ne le crois un vrai rôle et tu pourras envoyer balader Bob et ses méthodes douteuses.

– J'ai hâte que ce jour arrive, dis-je d'un ton mélancolique tout en songeant à la mission pour laquelle je viens de m'engager.

Je sais que je n'intègre pas à proprement parler le monde de la nuit, mais je ne suis pas très à l'aise à l'idée d'être payée pour faire une *lap dance* à un homme. Peu importe qu'il ait l'air beau comme un dieu. Enfin, non, pas tant que ça !

2.

– Mets une culotte en dentelle et n'oublie pas de te raser !, ricane Lacey au téléphone.

– Une culotte en dentelle ? Tu ne veux pas dire un string en soie plutôt ? Et au cas où tu m'aies mal comprise, je m'empresse aussitôt de poursuivre, je ne vais pas non plus mettre de string en soie. C'est pas du tout confortable, et je ne connais même pas ce type, Lacey. C'est notre premier rencard. Aucune chance qu'il voie ma culotte, qu'elle soit en soie ou autre.

– Arrête de faire ta mamie. Tu as besoin de t'envoyer en l'air. Ça fait beaucoup trop longtemps.

– Pas avec un mec que je vois pour la première fois. Ce pourrait être un tueur en série ou un violeur. Les sites de rencontres ne sont plus aussi sûrs qu'avant, Lacey.

– Parce qu'ils l'ont été un jour, Eliza ?, me rétorque-t-elle, mais j'ignore sa remarque.

– Et je ne vais pas non plus me raser, j'ajoute, indignée, bien que ce soit techniquement un mensonge, puisque je me suis déjà épilée.

– Bon, fais-toi au moins le maillot. Et intégralement s'il te plaît, pas de ticket de métro ; tu n'es pas dans la jungle et tu n'as pas envie de sortir avec un hippie.

– Attends, tu parlais de ma chatte ?, je lui demande, stupéfaite. Je croyais que tu parlais de mes jambes ! Tu es folle ou quoi, Lacey ? Je ne vais pas m'épiler intégralement le maillot pour un mec de Meetic qui ne ressemble peut-être pas à son profil.

– Ok, Jane, laisse-le explorer la jungle et s'y perdre. Peut-être que son serpent finira par trouver ton gorille perdu…

– Tu es dégoûtante, Lacey ! Mike ne s'aventurera pas dans ma culotte.

– Tu dois envisager toutes les options, Eliza ; tu sais ce que ta mère dit toujours.

– *Je suis une dame*, je déclare avec un accent londonien, pour tenter d'imiter mon idole, Audrey Hepburn dans *My Fair Lady*.

– Je sais, je sais, tu es une *honnête fille*. (Lacey ricane.) Tu n'es pas un monstre comme moi.

– Un monstre ?! Tu as regardé *Elephant Man* récemment ou quoi ?

– N'essaie pas de changer de sujet, Elizabeth. Tu as simplement besoin de te lâcher et de t'amuser.

– C'est ce que je ferai quand tu me rendras visite ou, mieux encore, quand tu viendras vivre ici.

– Tu veux seulement que je craque pour pouvoir toi aussi craquer.

– Oui, c'est toujours plus facile à deux.

– Je sais, me répond Lacey, puis elle marque une pause. J'ai envie d'habiter plus près de toi, tu le sais, pas vrai ? (Elle pousse un soupir.) Mais je ne préfère pas venir tant que je ne peux pas m'assumer financièrement. Je ne veux pas que tu penses que je profite de toi.

– Je sais, lui dis-je doucement, avant de m'installer dans mon canapé. Mais je n'ai pas grand-chose, donc tu ne profiterais pas de moi. J'ai seulement envie que tu sois là. C'est difficile de ne pas avoir ma meilleure amie à mes côtés. J'aimerais que tu me dises quand je me comporte comme une idiote et que tu m'aides à choisir ma tenue pour mes rencards imaginaires.

– Ils ne sont pas imaginaires, tu as un rendez-vous ce soir, conteste Lacey d'une voix mélancolique. Contrairement à moi. Je n'ai jamais de rendez-vous.

– Eh bien, viens ici, et nous pourrons sortir draguer ensemble. Nous pourrions même aller à des *speed dating*.

– Des *speed dating* ?, répète Lacey, et j'imagine l'étonnement sur son visage. Tu irais à des *speed dating* avec moi ?

– Oui, si tu venais vivre ici.

– D'accord, je saurai te le rappeler, même si ça marche avec Mike.

– Oui, on verra, dis-je en soupirant. (J'attrape ma pochette de maquillage.) Je ne sais pas du tout ce qui va se passer avec lui. J'ai un mauvais pressentiment.

– Ne sois pas pessimiste, me réprimande Lacey d'un ton autoritaire. Tu vas t'amuser ce soir. Tu vas t'éclater avec un homme sexy, et tous les mecs mourront d'envie d'être à la place de Mike.

– Ouais, on verra... Bon, je t'appelle quand je pars. Je dois finir de me préparer.

– Ok, j'attends de tes nouvelles.

Après avoir raccroché, je m'observe dans le miroir, pousse un soupir et me dirige vers ma penderie. Il faut que je m'habille sexy, même si je n'en ai pas très envie. Lacey a raison cependant, je dois me secouer. J'ai besoin d'une vraie relation. Et si Mike a les pieds sur terre comme son profil le laissait entendre, il se peut que ce soit le bon. De toute façon, tout vaudra mieux que de me présenter lundi à ce nouveau boulot et de désirer un type que je n'ai vu qu'en photo.

– Pourquoi est-ce que je t'écoute, Lacey ?, je peste au téléphone en m'approchant du bar-restaurant, vêtue de ma minijupe noire.

– Parce que s'il est canon, tu me remercieras de t'être habillée sexy.

– La frontière est mince entre être sexy et une traînée... Bon, je dois te laisser maintenant, dis-je en jetant un coup d'œil à ma montre. Il doit m'attendre à l'intérieur.

– Appelle-moi dès que c'est terminé et ne fais rien que je ne ferais pas, me lance Lacey tout excitée. Ah, et essaie de m'envoyer une photo de lui. Je veux voir s'il est aussi beau en vrai que sur Internet.

– Je ne vais pas prendre en photo un mec que je rencontre pour la première fois. Tu es folle ou quoi ?

– Fais-le comme si de rien n'était, rétorque-t-elle d'un ton impatient. Tu n'es pas obligée de le faire ouvertement.

– Ouais, c'est vrai qu'il y a un millier de raisons pour lesquelles mon appareil photo se retrouverait braqué sur son visage au beau milieu d'un bar. Bon, il faut que j'y aille. Je t'appelle après.

– Tu m'as envoyé le contrat que tu as signé ?, me demande rapidement Lacey. (Je m'arrête devant la porte d'entrée.)

– Oui. Tu dois l'avoir dans ta boîte mail. Je t'appelle plus tard, d'accord ?

Je raccroche avant qu'elle n'ait le temps de répondre et prends une profonde inspiration. Je ne sais pas exactement ce que je vais dire à Mike en arrivant. Nous avons seulement échangé deux messages avant qu'il ne me propose un rendez-vous, et j'ai laissé Lacey me persuader d'accepter. Ce n'est pas comme si ma vie était trépidante en ce moment. Lorsque j'entre dans ce bar, j'ai le sentiment d'être une pétasse avec ma minijupe noire, mes escarpins noirs et mon dos-nu blanc qui met en valeur ma poitrine, sans la dévoiler. Je me dirige vers le comptoir, en ignorant les regards d'un groupe de motards quinquagénaires qui fixent mes jambes. Ces regards admiratifs me flattent, mais je suis également un peu déçue. Déçue parce qu'un homme mignon – de dos – est installé au comptoir et n'a même pas jeté un coup d'œil dans ma direction. Je retiens un soupir d'exaspération et cherche du regard Mike, mon rendez-vous. Mon cœur se serre immédiatement lorsque j'aperçois un type à la calvitie naissante, vêtu d'une grosse veste en cuir, qui me sourit avec un verre à la main. *Oh non, faites s'il vous plaît que ce ne soit pas Mike*, me dis-je intérieurement tout en réprimant un gémissement. Certes, je ne suis pas Miss États-Unis, mais cet homme paraît vingt ans de plus que sur les photos et il a tout l'air d'un péquenaud – et pas le genre cow-boy craquant. Il n'a rien de Heath Ledger dans *Le Secret de Brokeback Mountain*. Il est plus du genre beauf sudiste. J'ai un pincement au cœur quand cet homme s'avance vers moi.

– Ça alors, c'est toi Elizabeth ?

La déception s'empare de moi à ces mots et devant les trous dans sa dentition.

– Bien le bonsoir, dis-je, avant de maugréer dans ma barbe : *pourquoi diable est-ce que je parle comme une campagnarde ?*

– Ma foi, regarde-toi, tu es une grande dose de soleil par un jour ensoleillé, s'exclame-t-il en tendant les bras pour me donner une accolade.

Une dose de soleil ? Mais qu'est-ce qu'il raconte ?

– Euh, merci, fais-je en l'étreignant rapidement.

Ses yeux descendent sur ma poitrine et il siffle.

– Merci mon Dieu, vous m'avez sacrément verni aujourd'hui, s'enthousiasme-t-il en se léchant ostensiblement les lèvres. Quelle belle plante tu fais !

J'ai la quasi-certitude d'apercevoir de la bave sur ses lèvres. C'est répugnant !

– Mike ?, je lui demande d'une voix timide.

Mon Dieu, si vous m'aimez, je vous en prie, faites que ce soit une erreur.

– Oui, m'dame, c'est moi. (Il sourit jusqu'aux oreilles et se frotte les mains.) J'y connaissais rien en rencontres sur Internet, mais, vingt dieux, je suis sûr d'avoir remporté le gros lot !

– Oh, ha ha. (Je m'efforce de rire alors que j'ai le cœur serré.) D'où viens-tu ?

– À la base de La N'velle-Orléans, via l'Alabama, me répond-il, mais je ne comprends pas ce qu'il veut dire.

– Ah ok, tu viens d'arriver en ville ?

Je me demande combien de temps je vais être obligée de rester. Je me sens encore plus contrariée d'avoir utilisé mon kit d'épilation du maillot pour ce type. Je commence à sentir une démangeaison, mais impossible de me gratter. Je vais tuer Lacey, c'est certain.

– Chui venu ici pour mon ex-femme. Chui originaire de la campagne, si tu l'avais pas deviné, mais j'ai débarqué ici par amour et suis pas reparti.

– Tu disais sur ton profil que tu n'as jamais été marié, lui fais-je remarquer d'un ton accusateur, enfin capable de commenter autre chose que son apparence.

J'ai envie de l'interpeller sur ses mensonges, mais je ne veux pas me montrer grossière.

– Oh, on s'est pas marié à l'église. (Il boit une gorgée de son verre.) On disait juste qu'on était marié pour les impôts.

– Ah, d'accord.

Je regarde autour de nous et je remarque que l'homme assis au bout du comptoir nous observe à présent avec intérêt. Je détourne rapidement les yeux. Son visage m'évoque quelque chose. C'est étrange cependant, car je ne connais pas de beaux hommes bruns dans son genre.

– Mais c'est terminé maintenant. Tammy est partie dans le 'sippi avec un de mes anciens collègues, George.

– Le sippi ?, je l'interroge, confuse, me demandant si c'est une plaisanterie que je n'ai pas saisie.

– Le Mississippi, me répond-il avec un grand sourire. Faut croire que tu es une vraie blonde.

Et comme il est répugnant, il baisse les yeux vers ma jupe. Je suis sur le point de lui faire une remarque quand je sens une présence derrière nous.

– Tout va bien, mademoiselle ?

La voix est grave et rauque, et je devine immédiatement qu'il s'agit de l'homme du comptoir.

– Elle va bien.

Mike se montre contrarié et possessif, et je m'écarte d'un pas.

– Ouh !, laisse échapper l'homme derrière moi quand je bute contre son torse ferme et chaud, et ses bras entourent instinctivement ma taille.

– Oh, pardon.

Je me retourne pour bien voir son visage. Ses yeux bleu azur plongent dans les miens, et il me dévisage d'un air amusé. Mon cœur bondit quand je comprends que cet homme n'est autre que Scott Taylor. Mais je ne peux pas lui avouer que son nom m'est familier. Il voudra savoir comment je le connais, et il m'est interdit d'évoquer la blague que lui préparent ses amis.

– Il n'y a pas de mal, dit-il, alors que ses mains se détachent lentement de ma taille. Vous allez bien ?

– Ça va, réponds-je en hochant la tête, puis nous nous tournons vers Mike, qui semble tout sauf content.

– Hé mon gars, tu vois pas qu'on est en rendez-vous ?

C'est alors que je me rends compte qu'il chique du tabac. D'où la salive sur ses lèvres ; il ne bavait pas d'admiration devant ma beauté.

– Vous allez bien ?, me redemande Scott Taylor en ignorant Mike.

Je lui indique d'un petit signe de tête que non, ne voulant pas répondre à voix haute de crainte que Mike ne réagisse de manière stupide.

– Elle va bien. (Mike fait un pas en avant.) Éloigne-toi de ma donzelle.

– Je ne suis pas ta donzelle, je m'exclame en le considérant avec dégoût. On n'a échangé que deux e-mails, et tu m'as menti ! (J'élève le ton.) Tu n'as pas trente ans et tu ne ressembles en rien à tes photos de profil.

– J'ai indiqué que les photos dataient de ma période chez les marines, se justifie-t-il en haussant les épaules. C'était pas des bobards.

– Mais cela ne date pas d'hier non plus, monsieur ?, intervient Scott, qui se place entre Mike et moi. Pourquoi ne laisseriez-vous pas cette jeune femme tranquille ? De toute évidence, vous ne correspondez pas à ses attentes.

– Pff, espèces de snobs, marmonne Mike dans sa barbe, puis il me toise. T'es sûre de pas vouloir voir comment un cow-boy se déhanche ? (Il se lèche à nouveau les lèvres.) Chui peut-être plus vieux que tu le croyais, mais je me rattrape avec ma langue.

– Quoi ?

Je le fixe, bouche bée.

– Chui pas capable d'assurer toute la nuit au pieu sans mon Viagra, mais ma langue, elle, peut tenir des heures. (Il agite sa langue devant moi.) Si tu vois ce que je veux dire…

Je me détourne alors de lui, parcourue d'un frisson de dégoût. Lacey rira aux éclats lorsque je lui raconterai ma soirée. Mais avant cela, je vais la tuer. Plus jamais je ne suivrai ses conseils pour mes rencards.

– Venez. Laissez-moi vous offrir un verre, me propose Scott, qui me conduit vers son siège.

Je sens les yeux de Mike dans mon dos, mais je m'en moque. Je suis certaine que les personnes qui ont assisté à la scène s'interrogent, mais cela ne les regarde pas.

– Avant de vous offrir un verre, je dois vous poser une question, déclare Scott avec un petit sourire.

J'ai envie de me pincer. Suis-je réellement en compagnie de l'homme auquel je dois faire une farce la semaine prochaine ? Le destin me joue-t-il un mauvais tour ?

– De quoi s'agit-il ?

Je m'assois et regrette qu'il n'y ait pas de miroir pour vérifier mon maquillage. Je fixe Scott du regard, et mon cœur tambourine dans ma poitrine. Il est encore plus beau en vrai que sur la photo.

– Dites-moi, vous n'êtes pas inscrite sur un site pour rencontrer des hommes fortunés ou quelque chose dans le genre ?, me questionne-t-il avec un sourire malicieux.

– Non, lui réponds-je en riant.

– Ou sur trouvez-un-vieux-et-piquez-lui-tout-son-fric-point-com ?

– Ha ha, non.

– Bien. (Il me sourit et me tend la main.) Alors, laissez-moi me présenter comme il se doit. Je m'appelle Scott.

– Elizabeth. Mais ma meilleure amie m'appelle Eliza, comme Eliza Doolittle de *My Fair Lady*.

– Parce que vous êtes une honnête fille ?, rétorque-t-il avec un clin d'œil. (Il rit, et je rougis.) Vous ne pensiez pas qu'un type comme moi pourrait connaître ce film, n'est-ce pas ?

– Non, oui, non, je bredouille en riant. En fait, pour moi, la plupart des gens ne connaissent pas cette scène où elle dit qu'elle est une honnête fille. C'est un passage sans grand intérêt.

– Vous, en revanche, vous ne devez pas être sans intérêt, j'en suis certain.

– Est-ce qu'on parle de moi ou du film ?, je lui demande doucement, le visage empourpré.

– Des deux ! J'ai rarement l'occasion de rencontrer une jolie fille dans un café des sports.

– Un café des sports ? (Je regarde autour de moi et bougonne.) Alors, comme ça, c'est un bar de ploucs ? Pas étonnant que Mike m'ait invitée ici.

– Oui. J'étais censé retrouver mon frère Chett pour prendre quelques verres, mais il est coincé au travail.

– Ah, ça craint.

– Pas vraiment. (Il glousse.) Je préfère sauver une jolie fille des griffes d'un pauvre type que de devoir écouter mon frère parler de sports mécaniques. Vous suivez les courses automobiles ?

– Euh, non. Ma meilleure amie avait craqué sur un pilote, mais à part cela je n'y connais pas grand-chose.

– D'accord. (Il rit.) Je ne les suis pas non plus. Mon frère Aiden et ma sœur Liv plaisantent toujours sur le fait que Chett a dû être adopté, parce qu'il est le seul à s'intéresser au sport.

– On dirait que vous avez une grande famille.

Il faut que je me pince, je dois rêver. Comment puis-je avoir la chance de passer d'un rendez-vous merdique à ce beau gosse ? Le même beau gosse sur lequel je m'étais extasiée avec Lacey au téléphone quelques jours plus tôt. Que pensera-t-il s'il découvre que je sais déjà plus ou moins qui il est ? Flippera-t-il ? J'ai tellement envie de lui dire que j'ai été engagée pour lui faire une surprise, mais je ne peux pas tout gâcher.

– Oui, plutôt. Nous sommes tous assez proches. (Il hoche la tête.) Mais assez discuté d'eux ; parlez-moi de vous, Eliza. Et si on se tutoyait ?, ajoute-t-il.

– D'accord. Que veux-tu savoir ?, je lui demande doucement en rejetant mes cheveux en arrière.

– Ce que tu veux boire, me répond-il en se penchant vers moi. Et comment se fait-il qu'une jolie fille comme toi rencontre des types bizarres dans les bars.

– Je prendrai un Malibu Sprite. Et es-tu en train de dire que tu es un type bizarre ?, fais-je en baissant la voix pour être la plus charmeuse possible, et il rit tout en fixant mes lèvres.

– Je peux être tout ce que tu veux que je sois. (Il s'approche un peu plus de moi, et je sens son souffle sur mes lèvres.) Je peux être pilote de course, joueur de foot et, merde, je peux même être un cow-boy si c'est ce que tu désires.

– Tu crierais « hihaa » pour moi ?, dis-je pour le taquiner tout en battant des cils.

– Je crierais « hihaa » et « hue », et je te montrerais comment attraper un cochon au lasso si c'est ton souhait.

Il tend le bras pour m'enlever quelque chose sur la joue. Je ne sais pas si j'ai réellement quelque chose ou si c'est seulement une excuse pour me toucher.

– Tu es plutôt direct, non ?

Ma peau me picote au contact de ses doigts chauds, et je me demande jusqu'où il a envie de pousser ce flirt. Et moi aussi, jusqu'où ai-je envie d'aller ? D'autant plus en sachant que, lundi matin, je me présenterai à son bureau pour être sa nouvelle assistante.

– Quand quelqu'un me plaît.

– Qui te plaît ou que tu veux ?, je l'interroge d'une voix haletante, sans savoir d'où me vient cette bravoure, mais je suis assez fière de moi.

– Serait-ce grossier de ma part de dire les deux ? (Il approche sa bouche de mon oreille pour chuchoter doucement.) Serait-ce grossier de ma part de te dire que j'aimerais te prendre là tout de suite, sur ce comptoir ?

Le souffle coupé, j'ai un mouvement de recul, et mes yeux, braqués sur son visage rieur, lui lancent des éclairs.

– Je prends cela pour un oui, déclare-t-il en se rasseyant. (Il boit une gorgée de bière.) Ça ne coûte rien de demander, non ?

– Je commence à penser que tu es aussi méprisable que Mike.

– Tu veux parler du gros lourdaud ?, fait-il avec un grand sourire.

– Tu es horrible, mais oui, lui réponds-je en riant.

– Je suis peut-être aussi méprisable, mais au moins j'ai un plus joli paquet, non ? (Il me fait un clin d'œil, puis baisse les yeux vers son pantalon.) Si tu vois ce que je veux dire…

Je ne sais que lui répondre. La seule chose dont je suis capable, c'est de m'empêcher de lorgner vers son « paquet ».

– Je t'ai offensée ?, s'enquiert aussitôt Scott d'un air contrit. Je suis désolé si c'est le cas. D'après ma sœur, je dépasse parfois un peu les bornes.

– Parfois seulement ?

Je le regarde dans les yeux, mais l'envie de mater son entrejambe est toujours forte.

– Eh bien, pour elle, ce n'est que parfois. (Il rit.) Mais elle est mal placée pour me dire quelque chose, parce que sa meilleure amie, Alice, et elle peuvent avoir des comportements très inappropriés.

– Cela me fait penser à ma meilleure amie et à moi.

Je souris en songeant à Lacey, qui, en ce moment même, fixe très probablement son portable dans l'attente de mes nouvelles.

– Oh, vous aussi, vous aimez dépasser les bornes ?

– On pourrait dire ça, je murmure avec un petit sourire, en me demandant à quoi je joue.

J'ai le sentiment de mal agir. Cela ne me semble pas juste de faire la rencontre de Scott et d'être attirée par lui quelques jours seulement avant que je ne devienne sa fausse secrétaire et danse pour lui devant ses collègues. Je me tortille sur ma chaise en m'imaginant cette *lap dance*. Cela ne sera sûrement pas difficile à faire. En réalité, ce sera même sans doute une expérience amusante. Le seul problème, c'est que je ne sais pas si je pourrai résister jusque-là à l'envie de toucher Scott. Non pas que ce soit un souci, bien entendu. Du moins, pas pour moi.

3.

– Un autre verre ?, me propose Scott avec un sourire désinvolte, alors que nous discutons cinéma au comptoir.

– Non, je ferais mieux d'y aller, lui réponds-je, bien que je n'aie nullement envie de partir.

Scott me plaît beaucoup, aussi bien par son physique que par sa personnalité, et je n'ai qu'un souhait : passer les prochaines heures à parler avec lui. Mais je ne veux pas paraître trop enthousiaste. Je suis surprise d'apprécier autant sa compagnie. En général, quand je rencontre un homme pour la première fois, je suis trop méfiante pour baisser ma garde, mais quelque chose chez Scott me donne tout simplement envie d'être avec lui.

– Oh, tu bosses demain ?, me demande-t-il tout en plongeant ses yeux dans les miens, sa main droite sur mon genou.

– Non, lui fais-je doucement et je sens ma peau frissonner alors que sa main remonte le long de ma cuisse. Je ne travaille pas demain.

– Ah, c'est parfait alors. (Sa main est chaude alors qu'elle s'aventure un peu plus haut, et je m'apprête à la repousser au moment même où elle redescend vers mon genou.) Qu'est-ce que tu fais d'ailleurs ?

– Je suis actrice, dis-je d'une voix douce, en espérant qu'il ne me pose pas trop de questions.

Je n'ai pas envie que nous parlions travail, du mien comme du sien. Je ne veux pas compliquer les choses. Ce qui est ironique parce qu'elles se compliqueront dès lors que je me présenterai à son bureau ce lundi. J'espère qu'il y verra une coïncidence amusante.

– Oh ?, fait-il, apparemment surpris.

– Je sais que nous ne sommes pas à Hollywood, mais il y a beaucoup d'offres ici, je lui explique, presque sur la défensive.

Personne n'avait réellement compris pourquoi je n'étais pas partie vivre à Los Angeles lorsque j'avais décidé de faire carrière dans le cinéma. Ni ma mère. Ni Shane. Personne ne m'avait soutenue, à l'exception de Lacey.

– Ah, d'accord, déclare-t-il en passant son bras autour de mon épaule. Ça te dirait qu'on quitte ce boui-boui pour boire un dernier verre chez moi ?

– Pour que tu me montres tes gravures dans ton studio d'artiste ?, je lui rétorque d'un ton taquin pour jauger sa réaction ; je suis étonnée quand il éclate de rire.

– Quelque chose dans le genre. Trop direct encore une fois ?

Ses yeux rivés sur moi trahissent son inquiétude. Ce que je fais alors va nous surprendre tous les deux : je me penche vers lui et pose doucement mes lèvres sur les siennes. Je ne sais pas ce qui m'est passé par la tête. Lorsque je veux me reculer, il m'attire contre lui. Je sens sa main dans ma nuque, et ses doigts tirent légèrement sur mes cheveux. Il gémit contre mes lèvres avant de glisser sa langue dans ma bouche. Elle a un goût de poire et de noix de pécan, et je lui rends son baiser langoureusement, faisant fi de toute prudence. Une petite voix dans ma tête m'encourage, alors que mon corps est sidéré que je roule des pelles à un inconnu dans un bar. Je geins faiblement quand

Scott se lève et s'écarte de moi. Je le regarde d'un air confus et fais la moue.

– Ne fais pas la grimace, ma jolie.

Il me prend par les mains et m'invite à me lever de mon tabouret pour venir dans ses bras.

– Je ne suis pas jolie, je marmonne, mais je sens mes oreilles s'échauffer de plaisir.

– Et modeste qui plus est. (Il m'adresse un grand sourire et me serre plus fort encore de sorte que nos corps se retrouvent fermement plaqués l'un contre l'autre.) Tu avais une tenue bien sexy pour rencontrer un inconnu, fait-il remarquer pendant que ses mains cheminent jusqu'au creux de mes reins.

– Qu'est-ce que tu fais ?, je suffoque lorsque je les sens s'aplatir sur mes fesses.

– Je te caresse, me répond-il d'une voix rauque, ses yeux de braise plantés dans les miens.

– Tu ne crois pas que c'est déplacé ?

Je suis encore plus stupéfaite lorsqu'il me colle contre son sexe en érection.

– Ça, c'est déplacé, enchérit-il. (Puis, il me fait adosser contre le comptoir, attrape mes jambes et me soulève légèrement.) Mets tes bras autour de mon cou, me murmure-t-il à l'oreille.

– Non, fais-je, mais mes bras ne m'écoutent pas, ils s'enroulent autour de son cou, et mes mains se mettent à jouer avec ses cheveux.

– C'est bien. (Il s'écrase contre moi.) Passe tes jambes autour de ma taille.

– Ouais, c'est ça, je m'exclame en riant et le repousse.

Je sens son cœur battre dans sa poitrine, et il se recule, un petit sourire désabusé sur les lèvres.

– Arf. Et moi qui espérais que ce soit mon jour de chance. (Il me fait un clin d'œil, avant de me donner un autre long baiser.) Mais peut-être que ça l'est déjà, ajoute-t-il alors que ses doigts fourragent dans mes cheveux.

– Tu es un dragueur.

Je secoue la tête et lui souris avec désinvolture. J'ai l'impression d'être dans une comédie romantique – et j'adore ça !

– Pas plus que toi. (Il caresse mes cheveux.) Alors qu'en penses-tu ? Tu veux venir chez moi ?

– Hmm, mais je te connais à peine.

– Je m'appelle Scott Taylor. Je suis célibataire. Je te trouve mignonne, déclare-t-il avec un sourire malicieux. Et j'aimerais coucher avec toi.

– J'hallucine !

– Que veux-tu que je te dise ? (Il me fait un clin d'œil.) Je suis aussi quelqu'un de sincère.

– Je ne sais pas quoi répondre. (Je me mordille la lèvre inférieure.) Je ne suis pas du tout le genre de fille à avoir des aventures d'un soir.

– Moi non plus, affirme-t-il, le regard pétillant. Mais je ne suis pas une fille !

– Heureusement !

Je ris, et mon cœur s'emballe pendant que nous nous fixons du regard, chacun suspendu aux lèvres de l'autre.

– Tu n'es pas obligée de venir chez moi, finit-il par dire. Enfin, tu peux venir, mais nous ne sommes pas obligés de coucher ensemble.

– On se contentera de regarder des films ?

– Oui, ou de jouer à des jeux de société. J'ai Twister, précise-t-il avec un grand sourire.

– La version nue, non ?

– Je pourrais me laisser tenter, reconnaît-il d'une voix rauque, tandis que ses doigts jouent avec les miens. Alors qu'en penses-tu, Eliza Doolittle ? Veux-tu venir chez moi pour une nuit de débauche ?

– Je ne devrais pas, lui réponds-je en secouant la tête, le cœur battant la chamade.

– Fais-tu toujours ce que tu devrais ?

– Je ne te connais pas.

– Ça, tu l'as déjà dit. (Il se penche pour m'embrasser.) Et tu me connais un petit peu.

– Je ne suis pas ce genre de fille, lui redis-je, mes paroles et mes pensées ne cessant de se répéter.

– Je suis ce genre de mec. (Il sourit de plus belle et fait glisser ses doigts le long de mon corps.) Passe la nuit avec moi, Eliza Doolittle. Apprends à me connaître, et laisse-moi une chance de te connaître. Tu pourrais découvrir qu'on se plaît bien.

– Il faut que je t'avoue quelque chose. (Je prends une profonde inspiration.) Quelque chose que tu devrais savoir…

– À moins que tu ne sois en couple ou mariée, il n'y a rien que j'ai besoin de savoir. (Il secoue la tête et m'embrasse avec passion avant de se reculer.) Ah si, j'ai besoin de savoir si tu préfères que ce soit lent ou rapide.

– Oh.

Je sens mon visage rougir, tandis que je le fixe d'un air stupéfait. Je suis incapable de prononcer un mot. Je reste sans voix pendant qu'il dépose de la monnaie sur le comptoir et me conduit à l'extérieur du restaurant, puis jusqu'à sa voiture. Je suis consciente d'agir de manière extrêmement stupide en partant avec un inconnu, mais cela m'est égal à vrai dire. Tout ce qui m'importe en ce moment même, c'est de découvrir à quel point il peut être lent et à quel point il peut être rapide…

4.

Je me sens comme une écolière tout excitée lorsque j'entre chez Scott. J'admire l'intérieur avec enthousiasme et suis surprise de découvrir que c'est dans un état irréprochable. Je me demande comment un homme peut être plus ordonné que moi. C'est un peu embarrassant d'admettre que sa maison est mieux aménagée que la mienne, mais il semble également avoir beaucoup plus de moyens que moi.

– Bienvenue dans mon humble demeure, m'accueille-t-il avec un grand sourire, tout en refermant la porte derrière moi. Puis-je te proposer un verre ?

– Non merci. (Je regarde les photographies posées sur le manteau en briques de la cheminée.) Ce sont tes frères et sœurs ?

Les cadres sont entourés de petits souvenirs, sans doute rapportés de ses voyages. J'aperçois quelques taches noirâtres dans l'âtre, qui laissent penser que Scott se sert de la cheminée.

– Oui, acquiesce-t-il. Il y a là toute la tribu : Chett, Aiden, Gabby et Liv.

Il les désigne un à un sur le cliché, tout en souriant tendrement.

– Il y a trois filles sur la photo. C'est qui la troisième ?, je l'interroge, un peu jalouse, car je me demande s'il s'agit de sa petite amie.

– C'est la meilleure amie de ma sœur, Alice. Je la considère comme ma sœur, et il se peut qu'elle fasse partie de la famille un jour, ajoute-t-il en souriant.

– Ah bon ?

– Mon frère est amoureux d'elle, et c'est réciproque. (Il se dirige vers son grand canapé blanc et s'y installe.) Mais il faudrait qu'ils le comprennent un jour.

Il lève les yeux au ciel, puis me fait signe de le rejoindre.

– Comment cela ?

– Mon frère attend qu'elle grandisse un peu, qu'elle soit moins immature, avant de faire le premier pas. (Scott prend un air exaspéré.) Il ne sait pas s'y prendre pour obtenir ce qu'il veut.

– Contrairement à toi, n'est-ce pas ?

J'adresse à Scott un grand sourire en m'avançant vers le canapé et je m'assois à côté de lui. Le sofa est moelleux et confortable, je m'appuie contre le dossier et regarde devant moi. Il y a une grande table basse en bois, avec quelques revues posées dessus. J'aperçois *GQ* et un magazine automobile. Une canette de bière vide sur le *GQ* et quelques coques de cacahuètes traînent sur la table. Je souris intérieurement, Scott n'est finalement pas un si grand maniaque du ménage.

– Quand je désire quelque chose, je fais tout pour l'obtenir. (Il hoche la tête et dénoue sa cravate.) À quoi bon perdre du temps ?

– Et que désires-tu ?

J'observe ses doigts agiles retirer sa cravate. J'ai envie de tendre le bras pour caresser la douceur du tissu, mais je me retiens.

– Une jolie blonde dans mon lit ce soir.

Il commence à déboutonner sa chemise. J'aperçois quelques petits poils bruns sur sa peau dorée, et je me sens fondre. Il est terriblement sexy.

– Faut-il nécessairement qu'elle soit une vraie blonde ?

Je défais les boutons restants de sa chemise. J'ai envie d'envoyer un texto à Lacey pour lui raconter combien je suis entreprenante ce soir. Elle n'en reviendrait pas que moi, Elizabeth Jeffries, je me lâche et fasse tout pour obtenir ce que je désire. Elle serait surprise, mais fière de moi.

– Ça dépend, répond Scott et il attrape mes doigts pour les faire courir sur ses abdominaux en béton.

– De quoi ?, je lui demande, haletante.

– Ça dépend de si tu es une vraie blonde ou pas.

– Ah, fais-je et je griffe de mes ongles ses mamelons.

– Oh, alors comme ça, tu es Catwoman ?

Il se lèche les lèvres, il soulève mon dos-nu, et je sens ses doigts me caresser le ventre.

– Pas vraiment.

Je me penche pour prendre son téton dans ma bouche et le sucer. Je me rends compte qu'il en a le souffle coupé, ce qui me fait sourire.

– Ooh, gémis-je quand ses bras m'attirent sur ses genoux, et ses mains se posent sur mes fesses. Qu'est-ce que tu fais ?

– Tu n'es pas la seule à savoir allumer.

Il suçote le lobe de mon oreille tandis que ses mains relèvent ma jupe. Ses mains pétrissent mes fesses, et ses doigts se faufilent dans ma culotte. Je regrette intérieurement d'avoir opté pour le shorty plutôt que pour le string sexy.

– Mais je ne suis pas une allumeuse.

Ma main se dirige vers sa braguette pour le caresser. Je le sens durcir à travers son pantalon, j'en ai la gorge serrée.

– Tu aimes ce que tu touches ?, me demande-t-il avec un grand sourire ; je comprends alors qu'il est aussi arrogant que sexy.

– Peut-être.

– Peut-être, c'est tout ?

Il hausse un sourcil et se lève d'un bond. Je l'observe d'un air amusé ôter en un clin d'œil son pantalon et son boxer. Je fixe son sexe nu qui se dresse devant moi, et ma gorge se noue. Il est superbe, et je suis légèrement troublée à sa vue.

– Et qu'en penses-tu à présent ?

Il attrape ma main pour la plaquer sur sa queue. Je l'entoure doucement de mes doigts et les fais glisser en va-et-vient.

– Pas mal, admets-je d'une voix suave, et il rit en se rasseyant à côté de moi.

– Pas mal, hein ?

– C'est ça.

Mes doigts enserrent plus fermement sa bite, et il gémit en se laissant tomber en arrière.

– Allonge-toi sur le dos, me somme-t-il d'un ton autoritaire et il me pousse légèrement.

– Pourquoi ?, je lui demande d'une voix rauque tout en lui obéissant.

– Tu verras. (Il me fixe du regard, nu comme un ver.) Mets tes mains au-dessus de la tête, m'ordonne-t-il et je m'exécute.

Il retire mon haut, se penche en avant et rapproche mes seins nus entre ses mains, ses doigts caressant doucement mes tétons. Je laisse échapper un gémissement lorsque je sens son sexe coulisser entre mes seins et son gland effleurer mon menton et mes lèvres.

– Ce que tu es sexy, s'exclame-t-il, et je le vois attraper son pénis pour le faire glisser sur ma bouche. Suce-moi, dit-il et j'entrouvre les lèvres.

Je me redresse un peu lorsqu'il enfonce sa bite dans ma bouche. Son goût est salé, et elle durcit à mesure que je la suce. Je l'avale de plus en plus profondément, ce qui le fait fortement gémir. Je n'en reviens pas que je lui fasse déjà une fellation et que j'aime ça. Tout va si vite, mais je m'en moque. Cela me paraît juste et agréable. Tout semble aller à toute vitesse, et je me sens comme toute-puissante lorsqu'il sort son sexe de ma bouche pour éjaculer sur ma poitrine, son sperme chaud dégoulinant sur mes seins.

– Viens avec moi, me dit-il doucement tout en m'attrapant par les mains.

Nous empruntons l'escalier, et je le suis jusqu'à sa chambre. Il me soulève et me jette sur son lit. Je lève les yeux vers lui : avec un grand sourire, il ôte ma jupe et ma culotte d'un seul geste vif.

– Montre-moi, grogne-t-il en me rejoignant sur le lit.

– Te montrer quoi ?, je lui murmure, alors que mon corps nu frissonne légèrement.

– Montre-moi si tu as aussi bon goût que tu es belle.

Il me fait un clin d'œil, puis je le sens écarter mes jambes et enfouir son visage entre mes cuisses.

– Oh, Scott !, je m'écrie, ne sachant que dire, si ce n'est son nom, pendant que je me trémousse sur le matelas. Scott !

Je hurle alors que sa langue me pénètre, par des va-et-vient si délicats et si fermes, qu'ils sont bien plus agréables que tous les godes que j'ai utilisés.

Je sens l'orgasme imminent quand il se retire soudain.

– Ne t'arrête pas, je l'implore, et il me répond par un sourire.

Je le vois chercher quelque chose dans sa table de chevet et l'entends déchirer un emballage. Je comprends qu'il enfile un préservatif et qu'il est sur le point de venir en moi. Je suis sur le point de coucher avec un homme que je connais à peine, et je m'en fiche. Mon corps est fiévreux. Je ressens tellement de désir et de plaisir ; tout ce dont j'ai envie, c'est de sentir Scott en moi.

– C'est ça que tu veux ?, grommelle-t-il en posant mes jambes sur ses épaules et en plaquant son sexe contre le mien. C'est ça que tu veux, Elizabeth ? (Son gland effleure mon clitoris, et je me tortille contre lui.) Dis-moi ce que tu veux.

– Toi ! C'est toi que je veux !, je lui crie, incapable d'endurer l'attente plus longtemps.

Il s'enfonce alors en moi, si dur et si ferme. Son sexe glisse en moi en douceur et semble m'emplir totalement. Il va et vient avec habileté, et j'éprouve tant de plaisir que je m'abandonne à lui.

– Jouis pour moi, Elizabeth, dit-il en poursuivant ses va-et-vient.

Ses doigts caressent furieusement mon clitoris, tandis que mes seins ballottent. Son regard fixé sur moi est intense, et il gémit d'un air satisfait lorsque j'explose en un orgasme fort et rapide. Il me repousse ensuite au centre du lit et s'effondre sur moi pour me pénétrer plus vigoureusement. Je comprends qu'il a attendu que je jouisse avant de s'autoriser à éjaculer de nouveau. J'enroule mes jambes autour de sa taille pendant qu'il me pilonne. J'ai le sentiment d'être une reine en sentant les soubresauts de son corps lorsqu'il se répand en moi.

Il roule ensuite sur le côté, retire le préservatif et s'allonge près de moi, tout pantelant.

– Ça, c'est ce que j'appelle une bonne baise, s'exclame-t-il en souriant.

– Tu m'étonnes !, je lui confirme d'un ton amusé, puis je pousse un petit cri lorsqu'il me fait venir sur lui et que je sens son pénis durcir de plus belle contre mon sexe humide.

– Alors, hier soir…

La voix de Scott est douce quand j'ouvre les paupières le lendemain matin.

– Hmm, eh bien quoi ?, je lui demande tout en m'étirant dans ses draps, avec une sensation de chaleur et de plénitude à ses côtés.

– C'était plutôt torride, non ?

– Ouais.

Je hoche la tête, prise soudain de timidité en repensant à tout ce que nous avons fait.

– Mais je ne te juge pas.

Il se penche pour m'embrasser, et sa main se faufile jusqu'à ma poitrine.

– Me juger ?

Je lui rends son baiser et laisse glisser ma main le long de son dos.

– Pour avoir couché avec moi le premier soir.

Il rit contre mes lèvres, puis glapit quand je lui claque gentiment les fesses.

– Hé, tu as de la chance que, moi, je ne te juge pas, je bougonne, tandis que ses doigts délaissent mes seins pour s'aventurer jusqu'au creux de mes cuisses – déjà humide.

– J'adore le sexe le matin, marmonne Scott.

Ses doigts atteignent mon sexe mouillé et caressent doucement mon clitoris.

– Qui a dit que tu t'enverrais en l'air ce matin ?, lui fais-je alors que je me cambre contre le matelas.

– La femme que j'ai chopée hier soir l'a en quelque sorte sous-entendu.

Il rit en embrassant mon ventre.

– Ah oui ?

Je gémis quand ses lèvres trouvent mon sexe et que sa langue me lèche avec fougue. Je ferme les yeux, et mes doigts agrippent les draps pendant qu'il suce délicatement mon clitoris. Je me tortille sur le lit, écarte les cuisses et crie sans aucune retenue. Je me sens libre et heureuse. C'est la première fois que je lâche prise et m'abandonne immédiatement à un homme. C'est exaltant et libérateur. Je suis impatiente d'appeler Lacey pour lui raconter ma nuit torride. Je sens la langue de Scott s'insinuer en moi, et je hurle lorsqu'il me pénètre avec autant de passion que son pénis l'avait fait la veille. Ce n'est que quand il retire sa langue et se redresse que je comprends que son téléphone ne cesse de sonner. Il roule sur le lit pour l'attraper, et je bougonne. Il consulte l'écran et se rembrunit avant de se retourner vers moi.

– Désolé, c'est le boulot.

Il détourne le regard, et mon ventre se noue devant ce soudain changement d'ambiance.

– Oh non, tout va bien ?

– Pas vraiment. (Il soupire et sort du lit d'un bond.) On me demande d'aller au bureau aujourd'hui parce que... Euh... Je pars cette semaine à l'étranger pour un mois, et ils veulent être sûrs que tout soit nickel avant mon départ.

– Tu t'en vas ?, je lui demande, le cœur serré.

Je remonte les draps sur mon corps nu et m'efforce de contrôler ma respiration.

– Oui, confirme-t-il en hochant la tête. En voyage d'affaires, comme je viens de te dire. Mais, euh, je t'appellerai à mon retour, et on pourra se faire un restau.

– Je vois.

Je me mords la lèvre pour tenter de réprimer mes larmes. *Que se passe-t-il ?*

– Attends un instant. (Il me regarde d'un air coupable.) Il faut que j'aille aux toilettes.

Il laisse tomber son téléphone sur le matelas à côté de moi et sort précipitamment de la chambre. Dès qu'il a quitté la pièce, je m'empare de son portable. Il est verrouillé, mais je peux tout de même voir qu'il a dix appels en absence d'une certaine Helen Smith. Mon cœur tambourine. Qui est-ce ? Pourquoi cherche-t-elle à le contacter ? Et surtout, pourquoi a-t-il changé d'humeur si rapidement et pourquoi me ment-il ? Nous avons passé une soirée si agréable, si sensuelle et excitante. Je croyais que nous avions beaucoup de points communs, même si nous venions tout juste de nous rencontrer. Je croyais que cela pouvait marcher entre nous. J'avais même envisagé de lui révéler que ses amis m'ont engagée pour lui faire une plaisanterie. Je voulais tout lui raconter, afin que nous puissions sincèrement apprendre à nous connaître. Je croyais que, peut-être, cela pouvait mener quelque part.

– Excuse-moi, déclare-t-il en revenant dans la chambre, son sexe pendant mollement entre ses jambes.

Je ne peux m'empêcher de regarder sa bite. Elle est parfaite. Longue, grosse – mais pas trop –, et son gland a la forme d'un joli champignon. Je me lèche involontairement les lèvres en me rappelant son goût délicieux. Un sentiment de honte m'envahit quand je me rends compte que j'ai encore envie de Scott dans ma bouche. Je veux sentir le même pouvoir enivrant que la nuit précédente quand il m'avait supplié de ne pas arrêter de le sucer. J'entends encore ses gémissements lorsque son sperme chaud avait giclé sur mes seins. Je sens encore la douceur de la serviette tiède dont il s'était servi pour essuyer délicatement mes tétons.

Puis quand il était venu en moi, j'avais eu le sentiment que nous ne faisions qu'un. C'était comme si son sexe connaissait intimement chaque partie de mon corps, comme s'il connaissait tous les endroits secrets qui m'excitent. Je soupire en levant les yeux vers lui. Ce n'avait pas été uniquement du sexe, si ? C'était plus que cela.

– Est-ce que tout va bien ?, je lui redemande, en priant pour qu'il éclate de rire et s'écroule sur le lit à mes côtés.

– Euh, non pas vraiment, me répond-il avec une expression peinée. J'adorerais prendre le petit déjeuner avec toi. (Il s'assoit sur le lit et me regarde dans les yeux d'un air attristé.) Mais je dois filer au boulot.

– Je vois, dis-je, le ventre noué.

Ainsi, il continue à me mentir.

– J'ai passé un très bon moment hier soir. (Il tend le bras pour me caresser la joue.) Ça a bien collé entre nous.

– Ouais, bien sûr, fais-je en détournant le regard.

– Si je n'avais pas cet impératif professionnel, soupire-t-il, j'aurais aimé voir où les choses pouvaient aller entre nous – sincèrement.

– C'est ça, oui…

– Donne-moi ton numéro, et je t'appelle dès que je reviens, d'accord ?

– Oui, bien sûr que tu m'appelleras.

– Ne réagis pas comme ça, Eliza, se plaint-il, les sourcils froncés, et il tente de m'embrasser.

J'évite ses lèvres et me redresse.

– C'est Elizabeth. (Je bondis hors du lit et cherche rapidement mes vêtements.) Eh bien, ce fut un plaisir de faire ta connaissance, Scott, dis-je aussitôt après avoir enfilé ma jupe. Bon voyage d'affaires.

– Elizabeth, s'il te plaît, me supplie-t-il, et je sens ses mains autour de ma taille. Ne sois pas fâchée. Tu ne comprends pas.

– C'est plutôt limpide pour moi, connard, je me murmure en attrapant mon sac à main. Je m'en vais. Je suis ravie que tu aies passé une bonne soirée.

– Ce n'est pas ce que tu crois, se défend-il.

Je me retourne et le fusille du regard.

– Je m'en fous. (Je lui jette un dernier coup d'œil méprisant, puis je dévale les escaliers pour quitter au plus vite sa maison.) Et ne me suis pas !, je lui crie en l'entendant derrière moi.

Il reste cloué sur place, l'air bouleversé, mais je m'en moque. Il s'est servi de moi pour tirer son coup. C'est lui qui a menti. Je claque la porte derrière moi, je cours dans la rue et ne m'arrête qu'à l'angle pour commander un Uber avec mon portable. J'attends que la voiture s'arrête pour envoyer un texto à Lacey et lui annoncer que je vais la tuer. Je ne sais pas comment je fais pour ne pas pleurer, mais je ne verse pas une seule larme avant d'avoir franchi le seuil de ma porte. Je fonce alors droit vers ma salle de bains et me fais couler un bain pour noyer mes larmes et ma passion.

5.

– Tu peux me crier dessus, me concède Lacey quand je l'appelle le dimanche matin. C'est de ma faute si tu es allée à ce rendez-vous.

– Je ne vais pas te crier dessus. Ce n'est pas de ta faute si je suis une salope.

– Tu n'es pas une salope, conteste-t-elle, et je sais qu'elle s'inquiète pour moi.

Depuis mon histoire avec Shane, Lacey craint que je fasse une dépression. Elle ne comprend pas que cela ne se reproduira pas, car je ne me laisserai pas de nouveau abattre.

– Lacey, je suis allée à un rendez-vous sans connaître le mec, je l'ai planté, j'ai fait la connaissance d'un autre type, je suis allée chez lui et j'ai couché avec lui. C'est la définition même d'une salope.

– Mais non. Si tu étais allée chez lui et l'avais laissé te sodomiser le premier soir, alors oui tu serais une salope !

– Lacey..., fais-je d'une voix douce, dans ce cas, tu peux me traiter de salope.

– J'y crois pas ! Tu l'as laissé te sodomiser ?, crie-t-elle, et je ne peux m'empêcher de rire.

– Non, mais c'était trop drôle d'entendre ta réaction !

– T'es dégueulasse. (Elle ricane, et je devine qu'elle ne s'inquiète plus que je traverse une profonde et sombre dépression.) Est-ce que ça va aller ?

– Eh bien, cela risque d'être gênant demain. Tu imagines sa tête quand je vais entrer dans son bureau et qu'il va découvrir que je suis sa nouvelle assistante ?

– Tu ne vas pas lui avouer que tu as été engagée par son ex ?

– Non, lui réponds-je avec véhémence. Helen Smith, ou H. Smith comme elle se fait appeler sur le contrat, me paie cher pour le mettre mal à l'aise à la fête de son entreprise samedi. Je ne veux pas la décevoir.

– Mais elle a menti !, s'insurge Lacey. Bob t'a dit que toute cette blague avait été organisée par des amis de Scott, mais on sait que Helen Smith est en réalité son ex-copine. Je doute qu'elle fasse cela pour plaisanter.

– Eh bien, tant pis pour lui, dis-je amèrement. Je suis sûre qu'elle a ses raisons. Et bravo pour ton enquête au fait !

– Ce n'était pas compliqué. (Elle glousse.) La page Facebook de Scott n'est pas privée, et il y a de vieilles photos d'eux deux.

– Mais cette enquête t'a permis de confirmer que Helen Smith se cachait derrière H. Smith ! Peu de gens auraient consulté les casiers judiciaires et les registres d'état civil pour faire le recoupement entre les deux noms.

– Tu me connais, je suis consciencieuse. (Lacey rit avec modestie.) Mais on ne sait pas ce qui s'est passé entre eux. Tu devrais peut-être tout raconter à Scott. Il avait peut-être une bonne raison de te mentir.

– Il m'a menti parce qu'il voulait simplement s'envoyer en l'air et peut-être qu'il essaie de se remettre avec Helen… Il ne va pas s'en tirer comme ça.

– Que vas-tu faire ?, s'enquiert Lacey d'une voix essoufflée. Et es-tu sûre d'avoir envie de remplir ta mission ? Tu as bien dit que c'était le meilleur coup de ta vie, non ?

– Il ne s'en est pas mal sorti. (Je mens pour ne pas me rappeler à quel point Scott est doué.) Et je vais faire ce que Helen a demandé. Je vais aller là-bas et jouer les assistantes. Je vais faire comme si cela m'était égal qu'il ait menti, puis samedi, je lui ferai la meilleure *lap dance* de sa vie et le mettrai mal à l'aise comme jamais.

– Oh, Eliza, on dirait que tu as déjà échafaudé ton plan.

– Oui, et tu sais ce qu'on dit : il ne faut pas révéler ses plans si l'on veut qu'ils se réalisent.

– C'est quoi ton idée, Eliza ?

– Je ne peux rien te dire pour le moment. (Je ris.) Écoute, je dois te laisser, je vais choisir ma tenue pour demain. Je veux être sûre d'être à mon avantage lorsque Scott posera les yeux sur moi pour la seconde fois.

Le cœur battant à toute allure, je patiente devant le bureau de Scott. Il est assis à son poste dans un costume bleu marine. Il discute au téléphone et griffonne quelque chose sur une feuille. Le sang cogne à mes tempes pendant que j'attends qu'il me demande d'entrer. J'ai hâte de voir sa tête quand il me reconnaîtra. J'ai hâte de découvrir sa surprise et d'entendre ses excuses. J'ai hâte de me pencher pour ramasser un stylo afin qu'il admire mes longues jambes et mon joli petit cul. Je vais le rendre fou et je vais adorer ça. Il va payer pour m'avoir jetée comme ça. Je frappe à sa porte.

– Entrez, crie-t-il sans lever la tête.

Je pénètre lentement dans la pièce et m'arrête à quelques mètres de son bureau. Il me fait un signe de la main pendant qu'il termine sa conversation au téléphone, et je sens mon estomac gargouiller dans l'attente de cet instant où nos regards se croiseront.

– Excusez-moi, finit-il par dire en raccrochant. Je me présente, Scott Taylor, déclare-t-il en se mettant debout et en me tendant la main.

J'observe ses yeux bleus écarquillés et sa bouche béante. Il me fixe quelques secondes, avant de reprendre la parole.

– Tiens, tiens, regardez qui voilà, lance-t-il avec un large sourire qui me tord l'estomac.

Je ne sais pas du tout pourquoi il semble aussi ravi de me voir. Il ne comprend pas qu'il s'est fait griller ?

– Scott ? (Je feins la surprise, bouche bée.) Je croyais que tu devais partir pour affaires ?, dis-je en m'avançant d'un pas vers lui. Que fais-tu là ?

– Elizabeth Jeffries ! Tu es ma nouvelle assistante ? (Il plisse les yeux et fait le tour de son bureau pour venir vers moi.) Alors là, ce doit être mon jour de chance.

Il attrape mes mains et m'attire contre lui.

– Qu'est-ce que tu fais ?, je lui demande choquée, son corps chaud et ferme contre le mien.

– Je reprends là où l'on s'est arrêté, me répond-il avec un sourire malicieux alors que je sens ses mains sur mes fesses. J'ai toujours rêvé d'un coup rapide au bureau.

Je suis sidérée, je n'en crois pas mes oreilles. Comment Scott peut-il flirter avec moi et se comporter comme si de rien n'était ? Comment peut-il poser ses mains sur moi et penser que nous allons reprendre là où nous en étions restés l'autre matin – le matin où il m'a menti ? Rien ne se déroule comme je l'aurais cru. Il n'est pas scotché. Il n'est pas mal à l'aise. Il ne bredouille pas de nouveaux mensonges. Au contraire, il paraît excité – comme si tous ses rêves devenaient réalité. Comme si j'étais un objet sexuel à sa disposition. Je sens mon visage rougir alors que la colère monte en moi. Ce n'est pas du tout ce à quoi je m'attendais. Toutefois, j'esquisse un sourire quand une idée me vient. Un nouveau plan germe dans mon esprit pendant que ses mains pressent mes fesses comme si elles lui appartenaient. Je le regarde dans les yeux et lui souris.

– Devine quoi ? Moi aussi, j'en ai toujours rêvé, dis-je avec un sourire angélique.

Il en a le souffle coupé quand ma main se pose sur son entrejambe pour saisir fermement son sexe. Je vais montrer à Scott Taylor à qui il a affaire. Lorsque je quitterai son bureau à la fin de la semaine, il sera à mes genoux.

6.

Le corps de Scott et le mien se frôlent agréablement. J'aurais pu être tentée de croire qu'il est un homme bien, qui mérite de me côtoyer. J'aurais pu être tentée de croire que ce serait bon de le laisser me pencher sur son bureau afin qu'il me prenne par-derrière. J'aurais pu facilement le croire, car j'en ai envie. Mon cœur bat pour lui, ma respiration est haletante à ces pensées coquines, et ma peau s'échauffe au souvenir du plaisir ressenti.

– Je savais bien que tu étais une fille bizarre, déclare Scott dont les mains remontent le long de mon chemisier pour venir étreindre mes seins.

Une seconde s'écoule avant que je ne prenne une profonde inspiration et le repousse.

– Je suppose qu'on se fait tous parfois de fausses idées, dis-je avec un sourire narquois et je soutiens son regard en plissant les yeux.

– Quoi ?

Il fronce les sourcils, perplexe. Il ne saisit pas la raison de ma volte-face.

– Euh, quoi ?, je répète, debout devant lui, les bras croisés.

– Tu veux dire que nous sommes encore fâchés ?

– Oui, lui réponds-je tout en remettant correctement ma jupe. Nous le sommes depuis que tu m'as menti avec cette histoire de déplacement.

– Je peux t'expliquer, soupire-t-il et il m'adresse un sourire contrit.

– Mouais, ça ne m'intéresse pas. (Je jette un coup d'œil à la pendule sur son bureau.) Je suis ici pour le travail, rien d'autre.

– Je vois. (Il fronce les sourcils et retourne vers son poste.) Tu m'en veux ?

– Pourquoi t'en voudrais-je ?, je rétorque en m'asseyant sur l'une des chaises.

Est-il stupide ? Bien sûr que je lui en veux. Qui ne serait pas fâché ? Il m'a menti sans vergogne. Je n'en reviens pas d'ailleurs qu'il me parle comme si de rien n'était. Qu'est-ce qu'il croit ?

Parfois, je me demande vraiment si les hommes ont un cerveau.

– Je peux t'expliquer pourquoi j'ai dit ça... (Sa voix s'étrangle, et il pousse un soupir devant mon visage fermé.) Tu t'en fous, c'est ça ?

– Oui. Notre relation devrait rester strictement professionnelle, tu ne crois pas ?

Je m'appuie contre le dossier de la chaise et croise les jambes. Il leur jette un coup d'œil furtif, et je me retiens de sourire.

– Oui, bien sûr. Si c'est ce que tu veux.

– C'est ce que je veux, je lui confirme avec un hochement de tête, tandis que mon ventre tressaille d'excitation.

Je commence à jubiler intérieurement. Je suis quasiment certaine que mon plan fonctionnera. Je soufflerai le chaud et le froid toute la semaine, puis je lui offrirai la *lap dance* de sa vie à la fête de l'entreprise. Je l'amènerai à penser que ce sera son jour de chance. Je le déshabillerai. Il sera nu et au garde-à-vous. C'est à ce moment-là que ses collègues arriveront, et il ne saura plus où se mettre. Il sera totalement humilié et, alors seulement, je pourrai me sentir mieux, vengée qu'il se soit servi de moi et m'ait menti. Une partie de moi culpabilise. Une partie de moi estime que le châtiment est excessif par rapport au crime commis. Comme si j'agissais en femme bafouée, presque aussi redoutable que Glenn Close dans *Liaison fatale*. Enfin, peut-être pas autant. Je ne ferai rien d'horrible, et ce n'est pas comme s'il ne méritait pas une petite humiliation pour m'avoir menti. Ce n'est pas non plus comme si l'idée venait de moi. J'ai simplement été engagée pour une mission et je me contente de suivre les instructions. Il n'y a rien de mal à faire son travail.

– Il faut que tu lises ces documents et que tu les signes.

Scott laisse bruyamment tomber une pile de papiers sur mon bureau. Je le regarde et m'efforce de ne pas lever les yeux au ciel. Il ne semble pas avoir digéré que je l'aie rejeté. J'ai passé les deux dernières heures à ne rien faire, assise à ce bureau, si ce n'est à regarder mes ongles et à regretter de ne pas avoir choisi une autre couleur de vernis. Je craignais trop de sortir mon téléphone de mon sac pour appeler Lacey ou lui envoyer un message, et je n'ai pas pu surfer sur Internet, car je ne connais pas le mot de passe pour déverrouiller mon ordinateur.

– Qu'est-ce que c'est ?, je lui demande, en considérant l'énorme pile de documents.

– Lis et tu verras, me répond-il d'un ton dédaigneux tout en commençant à s'éloigner.

– Bien sûr, chef, fais-je avec sarcasme.

Il revient vers moi.

– Ces documents t'expliqueront tes tâches. Vas-tu me faire la tête toute la journée, Elizabeth ?

– Je ne fais pas la tête, fin de l'histoire. (Je repousse ma chaise, me lève et aperçois ses yeux descendre sur mon corps et s'attarder sur ma poitrine puis mes jambes.) Tu cherches quelque chose ?

Son regard revient soutenir le mien, et ses prunelles bleues me transpercent. Je remarque que les commissures de ses lèvres se contractent.

– Non. (Il s'avance, s'arrête juste devant moi et me prend les mains pour m'attirer vers lui.) Donne-moi ton numéro.

Je fronce les sourcils. Être si près de lui affole les battements de mon cœur. Je sens la chaleur de son corps irradier.

– Euh, quoi ?, fais-je d'une voix plus frêle que je ne l'aurais voulu.

– Il faut que je te donne mon numéro. (Il tend la main.) Et j'ai besoin du tien.

– Pourquoi ?

Je contemple ses lèvres. Je repense alors à notre nuit de plaisir et j'aurais aimé à cet instant être encore dans l'ivresse de la passion plutôt que dans ce bureau. Cette nuit avait été si magique – jusqu'à ce qu'il gâche tout.

– Parce que je peux avoir besoin de t'appeler pour le travail.

– On ne peut pas se contenter de parler travail au travail ?

– Tu n'as pas envie de rester à ce poste très longtemps toi, non ?, me raille-t-il.

Sa réflexion me donne envie de lui rire au nez. Il ne croit pas si bien dire. Je me demande quelle serait sa réaction si je lui répondais : « Non, abruti, je n'envisage pas de rester plus d'une semaine à ce poste merdique d'assistante. »

– C'est dommage que ta carrière d'actrice n'ait pas fonctionné, ajoute-t-il avec un petit sourire narquois. Mais j'imagine que l'argent est plus important que de petits rôles au théâtre du coin.

– Je te demande pardon ?, dis-je, le regard noir. Je ne suis pas le genre d'actrice à faire des « petits rôles au théâtre du coin ».

– Ah, excuse-moi, tu donnes aussi dans le porno ?

– C'est quoi ton problème ?

Je ne comprends pas pourquoi il se comporte comme un petit con. Est-ce là sa véritable personnalité ? Si c'est le cas, heureusement que notre « relation » n'est pas allée très loin.

– Je plaisante, Elizabeth. Tu n'as pas le sens de l'humour ?

– De toute évidence, non. (J'attrape mon téléphone et le lui tends.) Rentre ton numéro.

– Ah enfin ! Merci Eliza.

Je l'observe enregistrer son numéro dans mon téléphone, puis s'envoyer un texto. Je soupire intérieurement : pourquoi ne pouvait-il pas vouloir mon numéro parce que je lui plais et qu'il a envie de m'inviter à sortir ? Un vrai rendez-vous avec des fleurs et des chocolats. Je secoue légèrement la tête, je ne dois pas m'apitoyer sur mon sort.

– Ok, c'est bon, déclare-t-il et il me rend mon téléphone avec un grand sourire. Maintenant, remets-toi au boulot.

– C'est ce que j'essaie de faire ! (Je lève les yeux au ciel.) Nous pourrions peut-être parler de ce que tu attends de moi plutôt que de mon numéro de portable.

Scott me fixe un instant avant d'éclater de rire, la tête rejetée en arrière tandis qu'un son guttural et sexy s'échappe de sa gorge.

– Qu'y a-t-il de si drôle ?, je lui demande d'un air vexé.

– Tu me fais penser à ma sœur, c'est tout. (Il sourit de plus belle.) La plus jeune, pas l'aînée.

– Je ne connais ni l'une ni l'autre, donc cela n'a aucun sens pour moi.

– Ma sœur Liv, celle dont je t'ai parlé. Elle est complètement outrée par mon comportement et est toujours en colère contre moi, m'explique-t-il en riant.

– On se demande pourquoi. Est-ce que tu passes ton temps à te moquer d'elle aussi ?

– Oui. (Un sourire malicieux se dessine sur ses lèvres.) C'est le rôle d'un frère aîné de mettre en boîte ses petites sœurs !

– Je ne suis pas ta petite sœur.

– J'en ai parfaitement conscience.

Il se lèche les lèvres. Je ne suis pas certaine qu'il l'ait fait délibérément, mais un frisson me traverse lorsque le bout de sa langue passe furtivement sur ses lèvres rosées et pulpeuses.

– Tu devrais faire sa connaissance, ajoute-t-il. Je pense que vous vous entendriez bien.

– Ça ira, fais-je en secouant la tête.

Je n'ai aucune envie de rencontrer sa sœur. Je ne veux pas me retrouver coincée dans un monde cerné de souvenirs de Scott. Je vais accomplir cette mission d'une semaine, puis je mettrai les voiles. Je disparaîtrai sans laisser de traces. Je serai la fille qui est entrée dans la vie de Scott puis s'est évanouie dans la nuit. Je me souris à moi-même en imaginant Scott arriver au travail la semaine suivante et s'interroger sur ce qui s'est passé. Il essaiera sans doute de me punir pour ce que j'aurais fait ce samedi – peut-être même qu'il cherchera à me licencier. Il sera loin de se douter qu'il n'en aura pas l'occasion. Je ne reviendrai pas.

– Y a-t-il quelque chose que tu veux que je fasse pour la fête de samedi ?, je lui demande avec un petit sourire pour changer de sujet.

– La fête de samedi ? (Il fronce les sourcils en me regardant.) Ai-je fait allusion à une fête ?

Ses yeux se plissent, et mon cœur se met à tambouriner. En ai-je trop dit ? Soupçonne-t-il la raison de ma présence ? Mince, je ne pourrai jamais être une espionne. FBI, CIA, KGB, MI5 – personne ne voudra jamais de moi. Je suis une vraie catastrophe. Une menace pour la sûreté de l'État. Mon visage s'empourpre et me brûle. Je n'en reviens pas d'avoir déjà gaffé.

– Ça va, Elizabeth ?, m'interroge Scott, le regard inquiet. Tu n'as pas l'air bien.

– J'ai mal au ventre. (Je passe la main sur mon abdomen, baisse les yeux et prends une profonde inspiration. *Ressaisis-toi Eliza*, je me sermonne mentalement.) Non, tu ne m'as pas parlé de la fête. Mais j'ai entendu des filles en discuter ce matin en arrivant.

– Ah, d'accord. J'imagine que toutes les secrétaires sont excitées. Tout le monde adore les fêtes de bureau avec l'alcool à volonté et leurs petits scandales.

– Leurs petits scandales ?

Mon cœur se fige.

– Oui. (Il rit.) Tous les ans, quelqu'un prend cher ou est surpris en train d'embrasser un de ses collègues. Et la semaine suivante, tout le monde ne parle que de ça au bureau.

– Oh, ouah.

Je le regarde dans les yeux et lui adresse un petit sourire. Il est à mille lieues d'imaginer qu'il se retrouvera au cœur de la rumeur la semaine prochaine. Je ne suis pas certaine qu'il rira encore alors.

– Au fait, je suis prête à me mettre au travail. Je suis partante pour tout ce que tu veux.

– Ça, ça me plaît. (Il me sourit et, le temps d'un instant, j'oublie que je le déteste, lui et sa gueule d'ange.) Ça veut dire que tu es partante pour une partie de jambes en l'air matinale ?

– Quoi ?, je m'écrie et, pour seule réponse, il se contente de rire et de retourner dans son bureau.

Je lui emboîte le pas, me sentant à la fois tout émoustillée et très en colère. Pas contre lui et son attitude tellement déplacée, mais plutôt contre moi pour avoir envie de me pencher sur son bureau et de le laisser me prendre par-derrière.

– Comment s'est passée cette première journée ?, s'enquiert Lacey, d'un ton à la fois excité et anxieux, et je ne sais pas si je dois rire ou pleurer.

Lacey fait partie de ces personnes qui souhaitent toujours le meilleur à leurs amis, mais elle aime aussi qu'il y ait un peu de mélodrame. Et par un peu, je veux dire beaucoup en réalité. Ce n'est pas pour rien qu'elle est ma meilleure amie et écrivain. Lacey est du genre à vous pousser à faire quelque chose de fou pour voir ce qui se produira, puis, lorsque vous êtes sur le point de vous lancer, elle vous supplie de tout arrêter, car elle s'en voudrait si cela finissait mal. Sincèrement, c'est l'une des raisons pour lesquelles je l'adore. Lacey m'a insufflé de la force en m'encourageant à accomplir les désirs secrets que je n'osais réaliser. C'est incroyable ce que sa présence dans ma vie m'a apporté. Elle m'a appris à voler : non pas en me donnant des ailes, mais en me montrant que j'en avais.

– Ça a été difficile, lui réponds-je en toute franchise. Je ne suis pas certaine d'avoir l'étoffe d'une Pussy Galore des temps modernes, poursuis-je rapidement, sans lui laisser le temps de me réconforter et de me dire que tout va devenir plus simple. (Je n'ai pas envie d'entendre ça. La seule chose susceptible peut-être de devenir plus facile, c'est moi – et la tendance de Scott à s'immiscer dans ma culotte.) Je fais référence au personnage de James Bond au fait. Pas à une pute.

– Je sais !, ricane Lacey. C'est moi qui t'ai initiée à James Bond au lycée, quand j'étais amoureuse de ce type, Jason Connery. Son père ressemblait à Sean Connery. Tu te souviens, je t'ai fait mater tous ses films parce que je voulais impressionner Jason en connaissant la filmographie de son père ? Puis, on a découvert que celui-ci vendait des voitures d'occasion et s'appelait Shawnie Connery. On a rigolé parce qu'il portait le même nom qu'une ville.

– Ah oui ! Comment pourrais-je oublier Shawnie Connery, et le week-end des James Bond et Indiana Jones ? (Je ris en repensant à ce week-end durant lequel nous avions mémorisé des répliques pour que Lacey en mette plein la vue à Jason.) Dans ce cas, tu sais exactement ce que je veux dire par « Je ne suis pas Pussy Galore ». Je ne suis pas sûre d'être taillée pour assumer un tel rôle. Il voulait qu'on fasse l'amour dans son bureau ce matin ; j'ai eu beaucoup de mal à lui dire non. J'ai cru que j'allais perdre ma culotte en le voyant.

– Ouah, sérieusement ? Tout ça parce qu'il est terriblement sexy ? Même ta culotte tombe sous le charme de Scott !, ricane-t-elle, et je pousse un soupir.

– Tu n'imagines même pas, Lacey. Il est tellement canon et il a cette étincelle dans son regard. Grrr ! Quand il me regarde et me sourit, j'ai l'impression que mon cœur va exploser. C'est comme s'il y avait une certaine alchimie entre nous. Et est-ce que je t'ai parlé du bleu de ses yeux ? Ils sont presque magiques. Hypnotiques. J'ai littéralement le sentiment de flotter au beau milieu de l'océan quand je le regarde dans les yeux.

– Mais tu n'as pas envie de te noyer. Il t'a menti, Liza, affirme Lacey d'une voix ferme. (Je sais qu'elle est sérieuse à présent. Il n'y a que dans ces moments-là qu'elle m'appelle Liza.) Tu n'as pas envie d'un mec qui te mente ; crois-moi, il n'en vaut pas la peine.

– Je sais, admets-je dans un soupir. Mais c'est trop difficile.

– C'est difficile, mais pas autant que ça le serait si tu cédais à la tentation et qu'il te brisait le cœur. Ne m'oblige pas à venir.

– Tu vas venir ?, je lui demande, pleine d'espoir.

– Bientôt. Je serai là bientôt. Et crois-moi, tu n'as pas envie que je vienne pour te consoler parce que tu serais en cloque et pleurerais jour et nuit.

Je bougonne intérieurement, Lacey est passée en mode mélodramatique.

– Ouais, tu ferais mieux de venir avant que je ne fasse une bêtise et me couvre de ridicule.

– Tu ne ferais pas cela, déclare Lacey sans conviction.

– Tu sais que j'en suis capable !

– Alors quel est ton plan ?

– Faire exactement ce pour quoi je suis payée. (Je m'efforce de ne pas soupirer.)

– Mais cela pourrait lui attirer des ennuis, non ?, s'inquiète Lacey. Puisque tu as été engagée par son ex et non ses amis, on sait maintenant que son intention n'est pas de lui faire une blague. Du moins, pas une blague bienveillante.

– C'est son problème, pas le mien, dis-je en faisant la moue, bien que je ressente une pointe de culpabilité. (Scott mérite-t-il réellement d'être l'objet des rumeurs, uniquement pour avoir couché avec moi et inventé une excuse pour me faire partir ?) Il m'a menti ; c'est sans doute un coureur de jupons qui donne l'impression aux filles de les apprécier pour pouvoir tirer son coup et, après, il les jette, soutiens-je, tout en essayant de m'en convaincre moi-même.

– Tu crois ce que tu dis ?, me rétorque Lacey, qui veut se faire l'avocat du diable.

– Je ne le crois pas, je le sais. Fais-moi confiance, c'est un connard. En sortant du bar, il m'a expliqué que sa sœur Liv en pinçait pour un mec, un certain Xander, et il m'a confié qu'il ne savait pas comment ce mec faisait pour la supporter.

– Et ?

– Et c'est tout. C'est tellement grossier, je lui explique, énervée. Le fait que Scott prenne la défense d'un homme plutôt que de sa sœur en dit long sur lui.

– Sans doute oui. Et qu'est-ce qui est arrivé à sa sœur et ce Xander ?

– Comment ça ?

– Qu'est-ce qui s'est passé entre eux ? Pourquoi Scott le plaint-il ?

– Je n'en ai pas la moindre idée, je concède tout en tentant de me souvenir ce qu'il m'a raconté. Mais c'est une affaire compliquée. Tu sais comment c'est, les histoires de couples. Je crois qu'ils se sont rencontrés à un mariage ou quelque chose comme ça, et puis il est arrivé un truc.

– Oh, je me demande bien quoi !

Je sais que Lacey a une envie folle de commérages. C'est la seule personne que je connaisse à s'enthousiasmer pour les potins, aussi bien à propos de gens qu'elle fréquente que d'inconnus.

– Aucune idée. Alors, à ton avis, est-ce que je devrais aller au bout ou non de cette histoire ? J'ai l'impression que tu n'en es pas convaincue.

– Je ne sais pas… Au début, j'avais plutôt tendance à penser, oui, rabats-lui un peu son caquet. Pour qui se prend-il pour te mentir ? C'est un crétin. Et parfois, je me demande si tu n'agis pas davantage par dépit. Mais comme tu as été embauchée pour ce rôle avant même de connaître Scott, ce n'est pas réellement le cas.

– Du coup, je le fais ou pas ?

Je veux que Lacey me dise quoi faire. Je n'ai plus envie de m'écouter. Je ne suis pas sûre d'accomplir cette mission pour les bonnes raisons. Scott me plaît. Il a l'air drôle. Il est sexy. Mais c'est mon patron, et je sais que je ne dois pas craquer pour cet homme.

– Vas-y, me conseille Lacey, sa réponse ayant valeur de décision finale. Je pense que ce sera génial. Tu vas montrer à ce beau gosse de Scott Taylor qu'il ne peut pas coucher avec toi, se foutre de ta gueule et espérer s'en tirer comme ça. Et ce n'est l'affaire que d'une semaine. Il faut juste que tu n'oublies pas que c'est un job. Et samedi, venge-toi en le mettant hyper mal à l'aise. Il faut qu'il soit mort de honte et reparte de cette fête la queue entre les jambes.

– Oui. (Je hoche la tête en souriant.) Il repartira de cette soirée avec une énorme gaule, et je savourerai la scène quand il s'enfuira tout honteux.

– Carrément !, s'exclame Lacey avant d'éclater de rire. Je dois aller écrire, mais appelle-moi plus tard dans la soirée. Il faut qu'on regarde *The Bachelor* ensemble.

– D'accord. À plus tard !

Je me souris à moi-même sur le trajet pour rentrer chez moi. Lacey a raison. C'est l'histoire d'une semaine seulement. Cela ne peut pas mal tourner en si peu de temps… Je vais m'amuser avec lui, avant de sortir de sa vie. À cette même heure la semaine prochaine, il m'aura oubliée et, moi aussi, je l'aurai oublié.

7.

Je m'installe dans mon canapé, allume la télévision et attrape mon téléphone pour appeler Lacey, afin que nous regardions *The Bachelor* ensemble. C'est assez pathétique, mais nous adorons regarder des émissions de télé-réalité en même temps tout en les commentant. Quand nous vivions dans la même ville, nous allions l'une chez l'autre, et apportions pizzas et glaces pour accompagner ces soirées de rigolade ; désormais, nous devons lancer un chat sur FaceTime et grignotons ce que nous trouvons dans notre réfrigérateur.

– Salut, c'est moi, dis-je lorsque Lacey accepte mon invitation sur FaceTime.

Comme c'est agréable de pouvoir chatter en vidéo pendant l'émission sans avoir besoin d'être devant un écran d'ordinateur.

– Salut toi.

Lacey me sourit, et j'aperçois un pot de glace aux cookies à côté d'elle, ce qui me rend très jalouse. J'ai une soudaine envie de crème glacée, mais je n'ai pas la chance d'en avoir dans mon congélateur.

– Tu manges de la glace au lit ? Dure journée ?

– Pff… (Elle acquiesce d'un signe de tête et soupire, ses longs cheveux bruns bouclés paraissent en bataille.) Très longue.

– Que s'est-il passé ?, dis-je en mettant la télévision sur pause. Pardon de ne pas t'avoir posé la question tout à l'heure.

– J'en ai tout simplement marre de tout. (Elle souffle.) Mon livre n'avance pas, et je ne sais plus quoi faire de ma vie. Je ne suis pas mariée – et je suis loin de l'être. Je n'ai pas de petit ami. Pas d'argent. Rien du tout. J'ai l'impression d'être une looseuse.

– Mais non, tu n'es pas une looseuse, Lacey.

Je fronce les sourcils et m'appuie en arrière, en gardant bien le téléphone au-dessus de ma tête pour que Lacey puisse voir mon visage.

– Tu es obligée de dire ça, maugrée-t-elle en entamant sa glace. Tu es ma meilleure amie.

– Certes, je suis ta meilleure amie, mais je ne suis pas obligée de dire ça. Tu es en panne d'inspiration pour ton livre, c'est tout.

J'essaie de voir sur son visage si elle est déprimée ou si elle s'apitoie seulement sur son sort. C'est le seul inconvénient du chat vidéo par téléphone. Je ne sais jamais réellement ce que ressent Lacey. Elle est bonne actrice et sait dissimuler ses émotions. L'unique moyen pour moi de savoir si elle va bien est de la regarder dans les yeux.

– Oui, sans doute.

Elle fourre une autre cuillerée de glace dans sa bouche, puis me sourit ; ses yeux marron sont malicieux. Je me détends devant son sourire niais. Elle va bien. Je sais que je réagis de manière irrationnelle, mais je me fais parfois du souci pour Lacey. Elle est toujours si enjouée, mais elle manque beaucoup d'assurance, et quand elle va mal, elle va très mal. Elle est mon roc, et je fais de mon mieux pour être le sien également. C'est étrange à quel point nous sommes proches toutes les deux. Nous évoquons fréquemment ce que nous ferions si l'une de nous sortait avec un homme que l'autre n'apprécie pas. Nous répondons à cela que notre amitié passe avant tout, mais nous n'avons jamais eu l'occasion de tester une telle situation. Qu'un homme puisse briser notre belle amitié me préoccupe souvent, et je crains d'être la plus faible de nous deux.

– Qu'y a-t-il de si drôle ?, dis-je à Lacey avec méfiance lorsqu'elle éclate de rire. À quoi tu penses ?, j'ajoute en me demandant pourquoi elle semble soudain si contente.

– À ce que Scott dira quand il découvrira que tu n'es pas réellement sa secrétaire, mais une actrice super sexy chargée de le séduire.

Change-t-elle de sujet, car elle n'a pas envie que nous nous attardions plus longtemps sur elle ?

– Euh, primo, je ne suis pas vraiment une actrice, ou du moins ce n'est pas un vrai rôle et, deuzio, je n'ai pas été engagée pour le séduire. Ce n'est pas comme si j'allais le trouver, me pencher sur son bureau et lui dire « Prends-moi par-derrière ».

– Pourquoi pas ? (Lacey arbore un grand sourire.) Ce n'est pas comme si tu n'avais pas déjà couché avec lui.

– J'hallucine ! Tu n'es plus ma meilleure amie.

– Pourquoi ? (Elle ne se départ pas de son sourire.) Parce que je te connais trop bien ?

– Pétasse !, je lui lance tout en riant. Tu me connais trop bien en effet et, oui, une partie de moi se demande pourquoi je ne profite pas de cette semaine pour m'éclater avec lui sans me poser de questions !

– Bah oui, pourquoi n'aurais-tu pas le beurre et l'argent du beurre ? Tu as bien dit qu'il était bon au pieu ? Alors pourquoi ne prendrais-tu pas du bon temps avec lui cette semaine et, samedi, tu lui fais cette danse, tu le fais passer pour le plus grand bouffon de la planète, puis tu sors de sa vie ?

– Tu veux dire que je devrais le duper ?

– Ouais, acquiesce-t-elle tout en avalant une cuillerée de glace. Le charmeur charmé.

– On dirait le titre d'un film. (Je ricane). Ou d'un livre à l'eau de rose.

Les yeux de Lacey s'illuminent.

– C'est peut-être ça que je devrais écrire plutôt que mon livre. Le héros s'appellerait Scott, il serait grand, blond, musclé, avec de beaux yeux bleus. Il rencontrerait une innocente et douce jeune fille prénommée Elizabeth qu'il essaierait de séduire, mais elle résisterait et…

– Tu t'es trompée sur un point, je l'interromps.

Je me lève d'un bond du canapé et me dirige vers la cuisine pour voir quelles cochonneries je pourrais grignoter. Regarder Lacey manger sa glace me donne faim.

– Ah bon ?

– C'est impossible qu'Elizabeth résiste ! Pas s'il est grand, blond, sexy, riche et musclé.

– Mais c'est une honnête fille. Toutes les héroïnes des romans à l'eau de rose sont d'honnêtes filles ; c'est pour cela que les hommes ont terriblement envie d'elles.

– C'est peut-être ça le problème chez moi ?, dis-je en ouvrant mon réfrigérateur. Je ne suis pas une gentille fille, donc j'attire de mauvais garçons.

– Scott n'est pas si mauvais que ça, tu as dit que c'était un bon coup !, réplique Lacey, et je lève les yeux au ciel.

– Plus que bon, c'était un dieu au lit. Mais cela ne fait pas de lui un mec bien. Ni de moi une fille bien. Je me suis comportée comme une traînée, et tout ce que j'ai gagné, c'est un connard.

– Il n'y a rien de mal à être une traînée.

– Mauvaise réponse ; c'est à ce moment-là que tu es censée me dire que je n'en suis pas une.

– Ah oui, pardon. Tu n'es pas une traînée.

– Mouais, très réconfortant. (Je secoue la tête et ris.) Je ne vaux presque pas mieux que les nanas de *The Bachelor*.

– Hé, ce ne sont pas toutes des salopes ! Certaines d'entre elles sont des filles bien.

– Lesquelles ?, fais-je avec un grand sourire.

– Euh..., bredouille Lacey, qui s'interrompt pour réfléchir.

– Attends, on m'appelle. (Je consulte l'écran de mon portable.) Ah mince, c'est Scott.

– Oohh, voilà le mauvais garçon ! Réponds-lui et dépêche-toi ensuite de me raconter ce qu'il voulait, m'enjoint-elle avec enthousiasme. Je vais chercher du vin en attendant, m'explique-t-elle alors qu'elle bondit de son lit, puis déambule dans le couloir de la maison de ses parents.

– D'accord, reste en ligne. (Je prends une profonde inspiration tandis que mon cœur s'emballe.) Bonjour, Elizabeth à l'appareil, dis-je d'un air détaché.

– Où es-tu ?, me demande Scott, qui paraît contrarié.

– Pardon, quoi ?, fais-je, perplexe.

Où sont passés les « bonjours » et autres politesses ?

– Où es-tu, Elizabeth ?

La voix de Scott est monocorde, et je me renfrogne. Que me veut-il ? Et ce ton qu'il a employé…

– Je regarde la télé sur mon canapé, lui réponds-je en me redressant. Pourquoi ?

– Tu ne devrais pas te trouver ailleurs en ce moment même ?

– Euh, au lit ?, fais-je, confuse.

– Tu n'as pas lu le contrat de travail ?, s'enquiert Scott, d'une voix soudain amusée.

– Qu'est-ce que j'ai oublié ? (Je songe, bouche bée, aux clauses qui auraient pu figurer dans le contrat.) Ne me dis pas que coucher avec toi fait partie de mes attributions ?

– Ce serait une si mauvaise chose ?, me taquine-t-il. Je voyais plutôt cela comme l'un des avantages de ce poste.

– Pas vraiment, lui réponds-je d'un ton dédaigneux, mon cœur battant à tout rompre.

Est-il sérieux ?

– Dans ce cas, c'est une bonne chose que je ne te le demande pas, non ?

– Alors pourquoi m'appelles-tu ?

– Tu étais censée venir chez moi ce soir pour des rapports.

– Des rapports ?, je m'étonne d'une voix stridente, le cœur tambourinant. (Puis je me rends compte de ma méprise.) Ah pardon, tu veux dire des rapports à écrire.

– Oui, Elizabeth. Taper des rapports. Cela fait partie de tes fonctions. Et comme ton contrat le mentionne, tu es censée venir travailler quelques soirs chez moi.

– Je... Euh... Je n'ai pas dû lire cette clause.

Je me mords la lèvre inférieure et regarde le téléviseur. Je n'ai pas du tout envie de louper *The Bachelor*, car l'épisode de ce soir, qui doit commencer d'un instant à l'autre, s'annonce croustillant d'après les extraits.

– Veux-tu que je vienne maintenant ?, je lui propose, mais il est évident au ton de ma voix qu'il ne s'agit pas d'une offre enthousiaste.

– Non, c'est bon, me répond-il, froissé, comme s'il me faisait une fleur. Mais je compte sur toi pour venir demain.

– Après le travail ?

– C'est ce que je viens de dire, Elizabeth, rétorque-t-il d'un ton brusque.

– Ce n'est pas exactement ce que tu as dit, je bougonne au téléphone. Tu es un enfoiré. Tu as du mal à le comprendre ça ?

– Ce ne sont pas des façons de s'adresser à son patron, d'autant plus que c'était ta première journée aujourd'hui.

– Oui m'sieur, bien m'sieur, dis-je à voix basse, ce qui le fait rire. Que puis-je faire pour vous, m'sieur ? Vos désirs sont des ordres.

– Tu apprends vite. Je suis ravi qu'il n'y ait pas de souci entre nous. N'oublie pas que c'est toi qui n'as pas voulu que nous discutions de ce week-end, déclare-t-il doucement. J'espère bien que tu ne vas pas rejeter tes problèmes de fille sur moi.

– Tu as dit quoi là ? (Je hausse la voix.) Quels problèmes de fille ?

– Tu sais bien. (Il soupire.) Les jeux auxquels vous jouez, vous les filles, quand les choses ne se passent pas comme vous l'espériez. Je connais tous ces trucs. Ma sœur est la championne du malentendu et de l'immaturité.

– Es-tu en train de me traiter d'immature ?

– Non, me répond-il, d'un ton à nouveau amusé. Je dis seulement que si tu as cette fibre immature en toi, n'essaie pas de t'en servir avec moi. Je suis immunisé grâce à Liv et Alice.

– Je me contrefiche de jouer à un quelconque jeu avec toi, Scott, je m'exclame, révoltée par ses remarques *(ce qu'il peut être grossier !)*. Je ne connais même pas Liv et Alice, et je n'apprécie pas que tu me compares à elles.

– Ah bon, tu n'aimes pas jouer ?, s'étonne-t-il de sa voix rauque.

– Non, réponds-je froidement.

– Pas même dans la chambre ?, insiste-t-il d'un ton plus bas. Pas même dans mon lit ?

– N'importe quoi !

Mon ventre fourmille d'excitation, et mon cerveau a envie de hurler : « Et comment que j'ai envie de jouer avec toi dans la chambre ! »

– Dirais-tu la même chose si je te disais que j'ai le jeu Action ou Bisou ?

– Action ou Bisou ?

– Tu dois piocher une carte et, si tu ne veux pas faire l'action, tu dois embrasser la partie du corps indiquée sur la carte.

– D'accord, et ?

– Et cela peut t'amener à enlever ton soutien-gorge ou à me tailler une pipe.

– Scott !, fais-je d'un ton plus outré qu'il n'aurait dû l'être alors que les deux gages semblent assez intéressants et que j'ai déjà fait les deux avec lui. Je suis choquée.

– Est-ce que cette idée te fait rougir ?, me demande-t-il, d'une voix à nouveau basse comme s'il cherchait à me séduire. Je ne me souviens pas que tu aies rougi quand on a baisé ce week-end.

– Sérieusement ? « Baiser », c'est le mot que tu emploierais ? Pas « faire l'amour », ni « coucher ensemble », mais « baiser » ? Typiquement masculin.

– Je dirais typiquement féministe, mais je ne crois pas que tu en sois une.

– Y a-t-il autre chose que je puisse faire pour vous ce soir, monsieur ?, dis-je pour changer de sujet.

Je sais qu'il essaie de me mettre en rogne et je ne vais certainement pas lui accorder ce plaisir.

– Appelle-moi encore monsieur. Et ne mets pas de culotte pour venir bosser demain.

– Tes consignes sont totalement déplacées.

Je m'interroge intérieurement sur les avantages d'aller travailler sans culotte, uniquement pour l'exciter. J'ai envie de me gifler rien que pour envisager cette idée.

– À demain, Eliza.

– Au revoir, Scott.

– Bonne soirée, me lance-t-il avant de raccrocher.

Je rappelle aussitôt Lacey sur FaceTime et je pousse un petit cri lorsqu'elle répond.

– Que s'est-il passé ? (Elle me dévisage, les sourcils froncés.) Ça m'a semblé durer une éternité. J'ai dû raccrocher.

– Scott m'a appelée.

– Je sais, tu me l'as dit avant de me mettre en attente. Qu'est-ce qu'il te voulait ?

– Il voulait que j'aille chez lui ce soir, réponds-je tout excitée, sans véritablement savoir pourquoi je me sens ainsi. Il m'a expliqué que c'était pour le boulot, puis il a commencé à me parler de cul. Je suis convaincue qu'il espérait plus.

– De cul… Il t'a dit quoi ?

– Il a parlé de jeux sexuels !

– De jeux sexuels… (Les yeux bruns de Lacey fixent le téléphone avec une expression à la fois fébrile et choquée.) Quels jeux ? Oh merde, il a des pratiques tordues ?

– Je crois qu'il faisait allusion à un jeu de société, mais qui sait ?, dis-je en riant.

Je me demande aussitôt à quel point Scott est tordu – et à quel point je le serais si l'occasion se présentait.

– Bien sûr, il a un jeu de société, glousse Lacey. Ils disent tous cela. Il veut carrément que tu ailles chez lui et que tu lui suces les couilles.

– Lacey, tu es dégueu.

– Non, je suis seulement franche ! Je parie qu'il veut que tu lui suces…

– Lacey… S'il te plaît, ne termine pas ta phrase.

– Pourquoi ? (Elle pouffe.) C'est bon pour moi de discuter de mes idées pour écrire mon livre, *Le Charmeur charmé*.

– Je croyais que c'était une plaisanterie.

– Ça l'était au début. Mais maintenant… Maintenant, je l'envisage sérieusement.

– Je croyais que tu travaillais sur un chef-d'œuvre de la littérature, qui remporterait le prix Pulitzer et le prix Nobel ?

– Ouais, mais peut-être que ce que j'ai réellement besoin d'écrire, c'est un bon vieux livre coquin. (Elle glousse.) Comme ça, je me ferais un peu d'argent et je pourrais partir de chez mes parents pour venir vivre avec toi.

– J'approuve totalement. (Je lui adresse un grand sourire.) J'aurais carrément envie de lire ce bouquin. Ce serait génial.

– Hmm. Tu le penses vraiment ?

Sa voix est douce, et je comprends alors que ce n'est pas du tout une idée en l'air. Elle est à cent pour cent sérieuse. Et je dois admettre qu'une partie de moi est emballée par ce projet.

– Oui, bien sûr, lui réponds-je avec un hochement de tête. Tu pourrais même t'autopublier. Tu n'as pas besoin d'éditeur, ni d'agent. Mon amie Betsy-Sue – enfin, mon amie que j'ai rencontrée sur un forum pour actrices en herbe – m'a raconté que sa meilleure amie est aussi écrivain et qu'elle s'autopublie. Et, ma cocotte, elle s'est fait cinq mille dollars le mois dernier !

– Cinq mille dollars ?, s'écrie Lacey. Ok, je signe !

– Mais, et ton autre livre ? Ton chef-d'œuvre absolu ?

– Je peux toujours l'écrire plus tard. Tu sais que j'adore les romans d'amour et, franchement, après avoir trouvé ce titre, *Le Charmeur charmé*, j'ai couché sur le papier quelques idées…

– Ah oui, vraiment ? (Je souris, ravie. Mais je me demande quand elle a pris ces notes ; elle vient juste d'évoquer cette idée.) N'hésite pas à me faire part de tes trouvailles pour ce livre, y compris les descriptions d'une pipe.

– Et celles d'une bonne baise ?, glousse-t-elle.

– N'utilise pas le mot « baise ». C'est tellement pas romantique. (Je fronce les sourcils.) Je viens de dire la même chose à Scott.

– Tu lui as parlé de baise ?, s'étonne-t-elle, les yeux écarquillés.

Comment pourra-t-elle écrire un livre cochon si elle est autant choquée par des mots si courants ?

– C'est lui qui en a parlé le premier. Je lui ai dit que je préférais « faire l'amour » ou « coucher ensemble ». Enfin, plus ou moins.

– Tu n'as pas fait ça, Eliza !

– Pourquoi ?

– C'est vraiment cucul-la-praline, me sermonne Lacey en secouant la tête. Ce n'est pas comme ça que tu vas prendre le charmeur dans tes filets.

– Ce n'est pas ce que je veux. Tu connais mon plan. Flirter comme si de rien n'était, faire la *lap dance*, lui foutre la honte et mettre les voiles.

– Mais tu pourrais faire en sorte que toute cette histoire soit encore plus palpitante. (Elle ricane.) Tu pourrais lui rendre la monnaie de sa pièce. De toute façon, j'ai l'impression qu'il pense t'avoir déjà dans sa poche.

– Tu trouves aussi ? Comme j'ai couché avec lui facilement une fois, il croit qu'on va recommencer. Il m'a même demandé de ne pas mettre de culotte pour aller au boulot demain.

– Fais-le !, glousse Lacey.

– Quoi ?

– Fais-le. (Elle hoche la tête d'un air entendu.) La dernière chose à laquelle il s'attend est que tu viennes en jupe et sans culotte. Il te teste. Il joue avec toi. Il sera surpris si tu prends réellement le contrôle de la situation et fais ce qu'il te dit.

– Quoi ? Tu es sérieuse ou tu plaisantes ?

– Je suis on ne peut plus sérieuse. Il pense pouvoir faire ce qu'il veut de toi. Il te chauffe et te teste, et il sait qu'il est maître de la situation. Tu dois reprendre le contrôle. Tu dois l'amener à réfléchir sur son comportement et ce qu'il dit. Tu dois le pousser à prendre du recul et à penser « Merde, cette fille est sexy. Je la veux. Mais je ne sais pas si elle voudra de moi. »

– J'ai déjà couché avec lui…

– Oui, mais les mecs sont stupides. Peu importe qu'il ait couché avec toi toutes les nuits depuis deux ans, s'il croit qu'il ne peut plus coucher avec toi, il te désirera soudain encore plus.

– Je te sers de cobaye pour ton roman ou quoi ?, je lui rétorque en gloussant.

– Non, s'esclaffe-t-elle. J'ai décidé de ne pas écrire tout un livre, mais plutôt de commencer par une nouvelle et voir ce que ça donne. Si ça marche bien, alors je développerai l'histoire.

– Ça me paraît être une bonne idée, dis-je avant de marquer une pause. Est-ce que tu viens toujours ici pour l'écrire ?

– Est-ce que tu es toujours prête à me payer le billet ?, me demande-t-elle doucement, et j'acquiesce d'un hochement de tête, avec un sourire radieux.

– Marché conclu, fais-je d'une voix extrêmement enthousiaste. Je suis impatiente. Quand viens-tu ?

– Dès que tu peux acheter le billet. (Elle me sourit.) J'imagine que ce sera plus facile de libérer la garce qui est en moi et d'écrire ce bouquin si je suis loin de mes parents. Je n'ai pas envie que mon père entre dans ma chambre et me demande de lui lire un passage où un mec encule une nana pour la première fois.

– Lacey, tu vas parler de sodomie dans un roman d'amour ?

– Il n'est pas question de romans Harlequin ici, Eliza. (Elle ricane.) Mais d'érotisme cru, du genre « Je rentre chez moi retrouver mon mari pour qu'il me retourne sur le lit » ou, dans ton cas, « Prends-moi en levrette sur le bureau ».

– Toi, tu as besoin de sortir !, je m'exclame d'un ton amusé. Et de te trouver un mari !

– Nous avons toutes les deux besoin d'un mari. De préférence des millionnaires ; comme ça, nous ne serons pas obligées d'avoir un boulot minable et nous pourrons nous consacrer entièrement à notre art.

– Ouais, préviens-moi quand tu rencontreras un millionnaire ! Et pour info, on vient de louper les vingt premières minutes de *The Bachelor*.

– Mais, poulette, c'est mieux que *The Bachelor* ! On pourrait appeler ça *Je sors avec mon patron* ou quelque chose dans le genre.

– Ouais, mais sans moi. Scott et moi n'allons pas sortir ensemble. C'est un connard.

– Attends de voir comment ça se passe, Eliza. Il a peut-être une bonne explication.

– Pour m'avoir dit qu'il partait en déplacement, ou pour m'avoir demandé de ne pas mettre de culotte demain ?

– Eh bien, pour la deuxième question, on connaît la réponse. (Elle ricane.) Et c'est la seule chose qui compte !

– Oui, sans doute. (Je m'enfonce dans mon canapé et bougonne.) Je suis tellement en colère contre moi, je ne devrais plus penser à lui. Je ne sais pas pourquoi je n'arrive pas à faire disparaître cette sensation d'excitation dans mon ventre. Je sais que tout ce qui l'intéresse, c'est le sexe, mais une partie de moi s'en moque. Une partie de moi veut simplement se donner à lui, sans se poser de questions.

– Je sais. Mais ne le fais pas. Coucher avec un homme juste pour le sexe, ce n'est pas toi. Tu peux le chauffer, mais ne va pas trop loin.

– Je sais, mais j'ai déjà couché avec lui, Lacey. Alors qu'est-ce que ça peut faire maintenant ? Il a déjà tiré son coup.

– Je déteste cette expression ! C'est tellement vulgaire.

– C'est toi l'auteur de porno. (Je lui adresse un grand sourire.) Il va falloir t'y habituer, ma belle. Tirer son coup et se faire la malle.

– Ah oui, je vois bien cette phrase dans mon bouquin. « Sir James Knight tira son coup et se fit la malle, avant de revenir sodomiser sa belle le lendemain. »

– Beurk ! Mais s'il la baise et se casse, comment peut-il revenir le lendemain pour l'enculer ? Est-ce que ça ne sous-entend pas qu'il ne revient jamais ?

– Ha ha, tu dois avoir raison. (Lacey pouffe de rire.) J'imagine alors qu'il peut la tirer par-derrière.

– On arrête là avec la sodomie, d'accord ? Toi-même, tu ne l'as jamais fait. Alors pourquoi aurais-tu envie d'écrire là-dessus ?

– J'sais pas… (Elle rit tout en s'allongeant sur son lit, et je l'aperçois bâiller.) Ça semble plus excitant qu'un petit coup rapide.

– Tu vas faire une enquête de terrain ?, je lui demande d'un ton léger et je remarque son visage rougir. Est-ce que tu vas chercher un bel homme pour qu'il te montre toutes ces choses ?

– Ouais, c'est ça.

Lacey lève les yeux au ciel et rougit de plus belle. Malgré tous ses beaux discours, elle est bien plus innocente que moi. Je sais pertinemment qu'elle n'a jamais eu d'aventure d'un soir et qu'elle n'est pas le genre de fille à aller au travail sans culotte. Elle parle bien plus qu'elle n'agit. Contrairement à moi, qui associe la parole aux actes.

– Je vais te trouver un mec bien quand tu seras ici.

– Tu n'es même pas capable d'en trouver un pour toi.

– Eh bien, nous nous trouverons toutes les deux un mec bien. Ça existe forcément un homme capable de nous apprécier.

– Pas le même s'il te plaît ! Tu sais que je t'adore, mais je n'ai aucune envie de partager un mec avec toi.

– Ha ha, tu es bête. Bien sûr, deux mecs différents. Peut-être deux meilleurs potes ? Ce serait sympa.

– Ouais, ce serait vraiment sympa, confirme Lacey. À toi de jouer ! (Elle bâille à nouveau.) Bon, je vais aller me coucher. Appelle-moi demain pour me raconter.

– Je n'y manquerai pas.

– Et n'oublie pas.

– De quoi ?

– Pas de culotte, s'esclaffe-t-elle. Il te l'a demandé, et je parie qu'il sera choqué si tu oses le faire.

– Oui, il sera choqué, c'est certain, dis-je en raccrochant.

Je me vautre dans le canapé et songe aux paroles de Lacey. Elle a raison. Scott me taquine avec cette histoire de culotte. Il me taquine et m'agace. Mais il va voir. Je vais lui prouver que je ne suis pas du genre à me laisser intimider. Je ne mettrai pas de culotte et je le lui ferai savoir d'une façon qui le laissera sans voix. Cela lui apprendra à jouer avec moi. Il va comprendre que moi, Elizabeth Jeffries, je ne suis pas – pour reprendre les termes de Lacey – une « cucul-la-praline ».

8.

Certaines femmes ont un sex-appeal inné. Elles exercent leur pouvoir sur les hommes et elles ne s'en cachent pas. Certaines femmes savent qu'il n'y a aucune limite pour exciter un homme. Peu importent les mensurations, l'origine, la religion ; rien de tout cela ne compte en matière de sex-appeal. Si vous êtes une femme sûre de vous et savez exploiter vos atouts, alors vous pouvez rendre fou n'importe quel homme.

Malheureusement, je ne suis pas l'une de ces femmes. Je sais que je suis séduisante, mais je sais aussi que je ne suis ni Angelina Jolie ni Halle Berry. Je ne me réveille pas le matin avec un visage de rêve. Qui plus est, aucun homme ne me mange dans la main, et j'ai tenté à plusieurs reprises de séduire des hommes sans qu'ils ne l'aient remarqué. Cela n'a jamais très bien marché pour moi. Ni au lycée quand je courais après un garçon de l'équipe de football (bon, il s'est avéré qu'il était gay), ni à l'université quand j'ai essayé de me taper un mec (bon, nous nous sommes embrassés, et nous aurions pu aller plus loin s'il ne s'était pas soudain rendu compte que j'étais l'une de ses élèves – eh oui, je ne suis pas opposée aux relations entre professeurs et étudiants), et certainement pas non plus durant ma vie d'adulte (merde alors, je suis inscrite sur un site de rencontres et je sors avec des péquenauds comme celui de l'autre jour). C'est donc avec une certaine anxiété que je me rends au travail avec ma minijupe et sans culotte. J'ai cru perdre la tête durant le trajet. Je sentais l'air frais entre mes jambes, et un tourbillon dans mon ventre me laissait entendre qu'une partie de mon corps jugeait cette idée terriblement prometteuse. C'est cette partie de mon corps, cette garce tordue, que je veux renier – bien qu'en secret je l'adore !

– Bonjour Elizabeth.

Scott m'attend à côté de mon bureau. Mes yeux se plantent immédiatement dans les siens, et je lui adresse un grand sourire, avant de me souvenir que je ne veux plus avoir affaire à lui.

– Oh, bonjour, lui réponds-je en détournant le regard.

Mes mains se posent sur ma jupe ; je la lisse et tire dessus autant que possible. Je baisse le regard et remarque qu'elle m'arrive à mi-cuisse. Où avais-je la tête pour sortir de chez moi comme si j'allais en boîte de nuit ?

– Est-ce la première fois que tu travailles dans un bureau ?, me demande Scott en contemplant mes longues jambes nues.

Je me rends compte que j'ai oublié de mettre un collant. Le comble, c'est que j'ai passé vingt bonnes minutes à en chercher un qui ne soit pas filé !

– Pardon ? Pourquoi cette question ?, lui fais-je sur la défensive.

Est-ce si évident que je ne suis pas habituée au monde de l'entreprise ?

– Tes fringues. (Il hausse un sourcil en scrutant ma jupe.) Non pas que je me plaigne, mais ce n'est pas le genre de tenue que portent la plupart des assistantes et secrétaires.

– Je vois, dis-je en me pinçant les lèvres.

Je dois admettre que sa remarque me met davantage mal à l'aise qu'en colère. Regardons les choses en face : la majorité des employées de bureau ne sont pas en effet habillées en minijupe.

– Ne me dis pas que je t'ai offensée ?, s'enquiert-il, ses lèvres mi-sourire mi-grimace.

Il me fait penser à un loup aux aguets attendant le moment propice pour sauter sur sa proie.

– Pourquoi serais-je offensée ? (Je soutiens son regard.) Je n'y peux rien si je suis une garce sexy.

Je passe lentement ma langue sur mes lèvres et laisse tomber mes yeux sur son entrejambe, avant de les relever à nouveau. Je perçois de la surprise dans son regard et je laisse échapper un sourire aguicheur. Je ne suis pas actrice pour rien. Je sais comment déstabiliser les hommes dans son genre, même si ce n'est pas dans mon tempérament. Tant que je considère cela uniquement comme un rôle, je suis capable de faire à peu près n'importe quoi. Je me souris à moi-même lorsque son expression choquée tourne à la confusion et à la perplexité. Il ne comprend pas ce qui se passe. En moins d'une seconde, la fille blessée et légèrement timide a laissé place à une femme pleine d'assurance. Il se demande sans doute si je souffre d'un dédoublement de la personnalité. Moi-même, je m'interroge. Non, c'est faux, je sais d'où est sorti ce tempérament. Du plus profond de moi. De la partie de moi qui regrette de ne pas être suffisamment courageuse pour se lâcher plus souvent. Je suis cette fille. Je n'ai pas tendance à me laisser faire, mais parfois je n'ai pas le courage d'exprimer le fond de ma pensée.

– Oh oui, tu l'es sacrément, reprend Scott avec un hochement de tête après quelques secondes de silence. Une fille sexy, je veux dire, pas une garce, bredouille-t-il.

J'ai envie de lui demander si mon comportement l'a décontenancé. Peut-être ne connaît-il pas aussi bien les femmes qu'il le prétend. Peut-être que sa sœur Liv et sa meilleure amie Alice n'ont pas cette facette à leur personnalité.

– Bon, sommes-nous prêts à nous mettre au travail ?, je lui demande.

Je défais le premier bouton de mon chemisier et rejette nonchalamment mes cheveux en arrière. J'adore contrôler la situation. J'adore le voir au supplice. Mes doigts atteignent le deuxième bouton, et je remarque les yeux exorbités de Scott.

– Oui, allons dans mon bureau, finit-il par proposer, et je l'aperçois déglutir.

Ce pouvoir me donne le vertige. J'ai cet incroyable effet sexuel sur lui.

– Attends, fais-je doucement et je tends la main pour épousseter le devant de sa chemise.

Je laisse mes doigts effleurer son torse quelques longues secondes. Je le fixe du regard et me lèche les lèvres en laissant mes cheveux tomber sur mon visage.

– Tu avais une poussière, lui dis-je doucement en plongeant mon regard dans ses yeux bleus ensorcelants.

Au moment de me reculer, je sens fermement ses mains dans mon dos m'attirer plus près de lui. Elles cheminent jusqu'à mes fesses qu'il caresse. J'ai le souffle coupé lorsqu'il pétrit mon cul et que ses yeux me toisent d'un air amusé.

– Tu avais une poussière sur les fesses, se justifie-t-il avec un clin d'œil, et nous restons là à nous regarder dans les yeux, nos deux corps légèrement l'un contre l'autre.

– Comment as-tu pu remarquer qu'il y avait une poussière sur mes fesses ?, je lui demande doucement, à peine capable de respirer alors que mes seins sont contre son torse.

– De la même façon que je peux voir que tu n'as pas de culotte. (Il se penche en avant pour me chuchoter à l'oreille.) Je le savais, c'est tout.

– Mais j'ai une culotte.

Ma gorge se serre quand je perçois quelque chose contre mon ventre. Scott bande – je ne contrôle plus rien. J'adore tout de même cette situation, mais je ne suis plus aux commandes. Et, en réalité, je m'en moque.

– Menteuse, susurre-t-il, et je sens ses lèvres qui frôlent doucement ma joue.

Je gémis légèrement et respire son odeur, me laissant aller contre lui. Son parfum est sexy, épicé et masculin, et je me penche pour l'inhaler à nouveau.

– « Noir » de Tom Ford.

– Quoi ?, fais-je en rougissant.

– Mon parfum. Tu l'aimes bien, non ?

– Je… Euh, je n'ai pas dit cela.

– Tu n'as pas eu besoin de le dire. Tu n'as pas encore compris, Elizabeth ?

– Quoi ?

Je me sens troublée à présent.

– Que je sais lire dans les pensées et que j'ai des yeux dans le dos. (Il finit par me lâcher et recule d'un pas.) Même si cela ne me dérange pas de vérifier.

– Vérifier quoi ? Le parfum que tu portes aujourd'hui ?

– Non. (Il sourit, et son regard s'assombrit.) Ce n'est pas ce que je veux vérifier.

– Alors quoi ?

– Si tu as une culotte !

– Espèce de porc, je lui lance avant de me retourner.

Et moi qui croyais que ne pas mettre de culotte le prendrait au dépourvu. Et moi qui croyais qu'il serait choqué que je vienne au travail les fesses à l'air.

– Je ne pensais pas que tu oserais le faire.

Il vient se placer derrière moi, et ses mains remontent le long de mon chemisier jusqu'à ce qu'elles enserrent mes seins.

– Qu'est-ce que tu fais ?, je lui demande sans bouger.

Je sens ses mains chaudes quand il me pince les tétons et prend fermement mes seins entre ses paumes.

– Je regarde si tu as un soutien-gorge ou pas.

– J'ai un soutien-gorge, je lui rétorque, et mes tétons durcissent sous ses doigts.

– Dommage, se plaint-il, son haleine tiède dans mon cou.

– Scott… (Sa main droite descend le long de mon chemisier, et ses doigts cherchent doucement leur chemin sous ma jupe.) Scott !, dis-je plus fort lorsque sa main s'aventure encore plus bas.

– Oui ?, fait-il, tandis que ses doigts s'assurent que je ne porte pas de culotte.

– Tu ne peux pas faire ça, je gémis, même si j'attends fiévreusement la suite.

Va-t-il glisser ses doigts entre mes cuisses ?

– Je l'ai déjà fait…

Il enfonce alors fermement l'un de ses doigts en moi. Il le fait coulisser et caresse délicatement mon clitoris humide.

– Scott… (Je saisis son bras pour sortir sa main de ma jupe.) Qu'est-ce que tu fais ?

Je m'écarte de lui et prends une profonde inspiration. Je me sens tout émoustillée et je sais que je ne contrôle pas le moins du monde la situation.

– Passons un marché, me propose-t-il avec le sourire, et je me tourne pour lui faire face.

– Quel marché ?, je m'enquiers avec méfiance.

– Je vais te poser une question. (Il jette un coup d'œil vers ma poitrine haletante et sourit.)

C'est une question dont tu es censée connaître la réponse.

– D'accord… Et ?

– Si tu réponds correctement, je me plierai à tes règles pour le reste de la journée. (Son regard me transperce.) Mais si tu réponds mal, c'est toi qui devras suivre mes règles.

– Et quelles sont tes règles ?

– Tu verras si je gagne.

– Hmm… (Je fronce les sourcils.) Je ne sais pas. Si je suis censée connaître la réponse, pourquoi penses-tu avoir une chance ?

– Une intuition.

Il arbore un grand sourire.

– Très bien, fais-je, les mains sur les hanches.

Je vais gagner, et il devra obéir à mes règles. Cela lui fera les pieds. Je dois admettre cependant qu'une partie de moi aimerait savoir ce qu'il se passerait si je ne répondais pas correctement. Que voudrait-il ? Que me réserverait-il ? Mon estomac se serre rien que d'y penser. Mes jambes tremblent encore de la sensation de ses mains sur mon corps. Je ressens une chaleur entre mes cuisses : je meurs d'envie de connaître ce qu'il désire.

– Alors voilà. (Il fait un pas en arrière, un grand sourire sur les lèvres.) Voici la question.

– Accouche ! Inutile de faire durer le suspense. Et ne choisis pas une question tordue de sciences ou de maths pour dire ensuite que j'aurais dû mieux écouter à l'école.

– Ce n'est pas une question difficile. Il faut simplement que tu me dises ce que je fais.

– Quoi ?

Je le fixe du regard, et mon visage se fige. Mon cœur se met à battre la chamade, et je sens mon estomac se contracter. Merde ! Je n'en ai aucune idée.

– C'est une question simple. (Il sourit.) Et comme tu travailles ici maintenant, on est en droit de penser que tu connais la réponse.

– Euh… Bien sûr que je la connais ! Quelle question idiote, dis-je en lui lançant un regard noir et dédaigneux. Allez, pose-moi une question sérieuse.

– Non, celle-là me semble parfaite, affirme-t-il d'un air suffisant. Quel est mon métier ? C'est une question facile, Elizabeth, non ? Tu es mon assistante. Comment pourrais-tu ne pas le savoir ?

– Je… Euh… Tu es le directeur.

– Le directeur de quoi ?

– Pff, mon directeur. (Je rejette mes cheveux en arrière.) J'ai gagné. Alors voilà ma règle : interdit de me toucher au bureau. C'est inapproprié.

– En fait, non, tu n'as pas répondu à ma question, donc tu n'as certainement pas gagné. Mais avant que l'on revienne là-dessus, que veux-tu dire par « interdit de te toucher au bureau » ? Je peux te toucher en dehors du bureau ?

– Non !, je m'insurge. Cette relation doit rester strictement professionnelle.

– Même si nous avons déjà couché ensemble ?

– Ce n'est arrivé qu'une fois. (Je me lèche les lèvres.) On peut oublier.

– C'est arrivé plus d'une fois, rectifie-t-il en faisant un pas vers moi. En réalité, si je me souviens bien, cinq fois en tout.

– Au cours d'une seule occasion, dis-je en me reculant un peu.

– Enfin, techniquement, cela a duré deux jours. Étant donné que nous avons couché ensemble le soir et le matin.

– Scott !

– J'essaie seulement d'être le plus précis possible. Toutes les fois comptent.

– Peu importe.

Je lève les yeux au ciel, mais toute cette discussion à propos de nos multiples rapports me rappelle à quel point ils avaient été délicieux. Et je n'ai pas envie d'y penser dans l'immédiat.

– Tu as raison, peu importe. (Il décoche un large sourire.) Parce que tu as perdu, et j'ai gagné.

– Je n'ai pas perdu.

– Alors, qu'est-ce que je fais ? (Il plante son regard dans le mien.) Dis-moi, en quoi consiste mon travail ? Ou même, que fait notre boîte ?

– Tu es directeur, et je suis ta secrétaire. Et tu as une secrétaire parce que tu as un poste assez important.

Et bim ! Même si c'est juste, je sais que j'ai l'air pathétique. Je n'en reviens pas de m'être tellement focalisée sur Scott que je n'ai même pas pris la peine de me renseigner sur son travail.

– Donc tu savais que je suis comptable ?

– J'allais le dire ! J'allais justement dire que tu es le meilleur comptable de l'entreprise et que j'ai été engagée pour t'aider parce que je me débrouille bien avec les chiffres.

– Je ne suis pas comptable, Elizabeth. (Il arbore un grand sourire.) Je suis responsable clientèle pour une entreprise de jeux de société.

– Je le savais, dis-je, mais je me demande s'il me ment encore.

Une entreprise de jeux de société ?

– Bien sûr que tu le savais. (Il secoue la tête.) C'est par une agence d'intérim que tu as eu ce poste, c'est cela ?

– Comment le sais-tu ?, mens-je *(ouf, il ne connaît pas la vérité !).*

Cependant, je me rends compte soudain que je ne sais pas réellement comment j'ai intégré cette entreprise. Comment cette Helen Smith m'a-t-elle obtenu ce poste ?

– Tu es actrice, non ? (Il affiche un air confiant et suffisant.) Je suppose que tu avais besoin d'un peu d'argent entre deux rôles.

– Oui, admets-je avec un hochement de tête.

Bien entendu, il a raison, j'ai besoin d'argent en attendant des rôles, mais je ne fais pas d'intérim. J'ai vendu mon âme à Candy Canes Birthday Grams, afin de pouvoir payer mes factures tout en essayant de décrocher un rôle durable. Candy Canes est un job alimentaire, mais j'ai de plus en plus le sentiment d'avoir renié mes principes. Faire de l'intérim aurait peut-être été préférable. Au moins, je ne me retrouverais pas dans de pareilles situations. Plus j'y songe, moins cette histoire de *lap dance* me paraît innocente et inoffensive. Même si c'est un connard. Je n'aime pas du tout mentir et je commence à penser que je ne vaux peut-être pas mieux que Scott. Peut-être ai-je réagi avec excès à son mensonge. Cela n'avait été qu'un coup d'un soir après tout. Il ne me doit rien.

– Viens dans mon bureau et ferme la porte à clé derrière toi, me lance-t-il, m'extirpant de mes pensées.

– Quoi ?

Je le regarde en fronçant les sourcils, confuse.

– Mes règles. Tu as perdu. (Il me fait un clin d'œil.) Viens dans mon bureau et ferme la porte derrière toi.

– Qu'est-ce que tu vas faire ?

– Tu verras.

Il me sourit, puis pivote sur ses talons pour retourner dans son bureau. Je reste plantée là à fixer son dos, et mon estomac se serre d'excitation. Allons-nous coucher au travail ? Mince alors, pourquoi cette idée me grise-t-elle autant ? Où est passée ma détermination ? Je suis censée être forte et responsable, mais maintenant, je n'ai qu'une seule envie : qu'il me prenne.

J'inspire profondément avant d'entrer dans le bureau de Scott cinq pas derrière lui. J'entends des personnes discuter dans l'immeuble et je me demande ce qu'il se dirait si on le surprenait une main sur mes nichons et l'autre sous ma jupe. C'est moi qui me retrouverais mal à l'aise. J'aurais le sentiment d'être une pute de bas étage. De quoi aurais-je l'air ? Ce n'est que mon deuxième jour dans l'entreprise, et je laisse déjà mon supérieur me peloter et, manifestement, j'aime ça. Je mourrais de honte. Cela ne m'empêche pas toutefois de le rejoindre dans son bureau, aussi excitée qu'un enfant qui entrerait chez un marchand de bonbons. Je ferme la porte derrière moi et me fige.

– Il n'y a pas de verrou, fais-je remarquer, la bouche sèche.

À présent, il est tout à fait évident que je m'attends à une suite des événements coquine. Pourquoi sinon cela m'inquiéterait-il que la porte n'ait pas de verrou ?

– Viens là.

Scott me fait signe d'approcher ; il attrape une pile de dossiers posée sur le bord de son bureau pour la déposer sur sa chaise. La gorge nouée, j'attends qu'il me demande de me pencher en avant et de relever ma jupe.

– À quoi tu penses ?, m'interroge-t-il doucement.

– Si je vais trouver l'air frais, et si tu es aussi tordu que James Spader, lui réponds-je franchement.

– Si tu vas trouver l'air frais ?, s'étonne-t-il avec un petit sourire narquois.

– Sur mon cul, lui dis-je et je m'apprête à m'incliner au-dessus de son bureau.

– Tu fais quoi ?, me demande-t-il en m'attrapant par le bras.

– Je me mets en position.

– Mais ce n'est pas dans cette position que je te veux.

Il secoue la tête et me sourit.

– Oh, fais-je, déçue.

– Que veux-tu dire par « aussi tordu que James Spader » ?

– Tu n'as pas vu le film *La Secrétaire* ?

Il me répond non de la tête, et son regard me semble intéressé.

– Je devrais le regarder si c'est l'un de tes fantasmes.

– Ce n'est pas un fantasme, je lui rétorque, la gorge nouée.

Qu'est-ce qui m'a pris de mentionner le personnage de James Spader ? Ce n'est pas un homme débordant de sex-appeal, et le film n'est pas non plus particulièrement sexy. Certaines scènes toutefois m'avaient coupé le souffle. Je m'étais demandé à plusieurs reprises « Que ferais-je si j'étais à la place de cette fille ? »

– Assieds-toi sur le bureau, m'ordonne-t-il fermement, changeant soudain de sujet.

Je m'exécute, me penche en arrière et le toise, en attendant la suite.

– Allonge-toi.

J'obtempère et pose ma tête sur le bureau. Je gesticule à la recherche d'une position confortable, mais le bois ne se montre pas tendre à mon égard.

– Ferme les paupières. (Je lève aussitôt les yeux sur lui.) Ne peux-tu pas obéir ? Je t'ai dit de fermer les paupières.

– Pourquoi ?, je lui demande, alors que je sens la chaleur me monter au visage.

– Ne pose pas de question, fais-le.

– D'accord.

Je m'allonge. Rien ne se produit immédiatement, et je patiente, immobile. J'entends deux personnes rire et je me concentre sur ce son étrangement apaisant. Mon corps tressaille au contact des mains de Scott sur mes jambes, puis sur ma jupe. Il la retrousse nonchalamment. Je commence à mouiller lorsqu'il soulève mes fesses pour y coincer ma jupe. Je garde les paupières closes durant tout ce temps, même quand il écarte mes cuisses autant que possible. Je perçois l'air frais entre mes jambes et frissonne. Que va-t-il faire ensuite ? J'entends un bruit sourd, mais je n'ai aucune idée de ce que cela peut être. Ma respiration se fait plus haletante, et mon ventre se met à tournoyer. Puis, juste au moment où cette attente ne me paraît plus supportable, je sens le bout de la langue de Scott sur mon clitoris qui palpite – cette langue qui me lèche doucement et tendrement. Allongée sur ce bureau, je gémis, et la langue de Scott devient plus longue alors qu'il titille mon clitoris.

– Oh !, je m'écrie lorsque Scott se met à le suçoter.

Ses mains retiennent mes jambes pendant qu'il me dévore. Sa langue me pénètre, et je sens que je mouille sur son visage tandis que mon corps tressaille contre sa bouche. Il poursuit ses mouvements avec ardeur, comme s'il dégustait un repas gastronomique dont il veut apprécier chaque bouchée. Sa langue se fait à la fois douce et épaisse en moi, et je me mets à hurler lorsque Scott me mène à l'orgasme. Je suis frustrée quand il retire sa langue et je reste allongée, en attendant qu'il me pénètre de son sexe. Je m'agrippe aux rebords du bureau, dans l'attente de le sentir en moi.

– Debout maintenant, déclare-t-il, et je le regarde d'un air confus.

– Quoi ?, fais-je en me redressant, décontenancée.

Il m'attrape par les bras pour m'aider à descendre du bureau et remet soigneusement ma jupe en place.

– On a terminé. (Il se lèche les lèvres très lentement.) Au travail maintenant. Tu joues souvent à des jeux de société ?, me demande-t-il en s'asseyant sur sa chaise, l'air de rien, avant d'ouvrir son ordinateur portable. Prends un crayon et du papier, on a du boulot.

– Qu'est-ce que tu fais ?, m'interroge Scott aussitôt que je décroche le téléphone.

– Vas-tu me poser la question à chaque fois que tu m'appelles ?, lui dis-je en m'appuyant contre le dossier de mon canapé.

Je mets la télévision sur pause, je replie mes jambes contre moi et penche la tête en arrière.

– Peut-être, répond-il en riant. Au fait, je viens de regarder *La Secrétaire*.

– Ah ?

– Le film que tu m'as conseillé.

– Je ne te l'ai pas conseillé.

– C'est ton truc, le sadomasochisme ?

– Quoi ?!

– Tu m'as comparé au personnage de James Spader. J'imagine que c'est parce que tu aimes les bonnes fessées, et tu crois que j'aimerais t'en donner.

– Je n'ai jamais dit cela.

– As-tu envie que je le fasse ? (Sa voix se fait rauque.) As-tu envie que je te donne une bonne fessée sur mon bureau ?

– Bien sûr que non. Pourquoi m'appelles-tu ?

– Pourquoi tu ne me laisserais pas m'expliquer à propos du week-end dernier ?, soupire-t-il.

– Ce n'est pas grave, je marmonne.

– Nous devrions regarder un film ensemble.

– Je ne vais pas mater *La Secrétaire* avec toi, je proteste en riant.

– Je viens de le voir, je ne vais pas le regarder une seconde fois. On peut choisir un autre film.

– Ok, d'accord.

Je ne sais pas bien pourquoi j'accepte de regarder quoi que ce soit avec lui.

– Non pas que *La Secrétaire* soit mauvais. C'était plus intense que je ne l'aurais cru. Un peu érotique, mais plus profond que je le pensais.

– Oui, le film porte davantage sur ce qu'ils s'apportent mutuellement que sur la sexualité qu'ils apprécient, dis-je en me remémorant le film. Il comble ce besoin en elle et inversement, même si c'est peu conventionnel. Ils ont eu de la chance de se trouver.

– Oui, je suppose que la plupart des femmes n'auraient pas envie d'avoir affaire à un homme aussi perturbé.

– C'est mon cas.

– Je m'en doute. Mais, de nous deux, c'est toi qui sembles le plus sur la réserve.

– Je ne suis pas sur la réserve, je m'offusque.

– Si tu l'es, rétorque-t-il doucement. Je suppose que ce n'est pas à moi de te le dire, mais tu l'es bel et bien. As-tu été blessée par ton ex ?

– Pourquoi m'appelles-tu, Scott ?, je lui demande d'une voix forte, pour changer de sujet.

– Je voulais seulement te dire que je viens de regarder *La Secrétaire*.

– Tu aurais pu m'en parler au travail.

– Sans doute. Je n'avais pas envie d'attendre, j'imagine. Ce film m'a vraiment fait réfléchir.

– À propos de quoi ?

– À propos de nous. De l'abus de pouvoir. Franchissons-nous une ligne qu'aucun de nous ne veut reconnaître ?

– C'est toi qui dépasses les limites, Scott. C'est toi qui m'as demandé de m'allonger sur ton bureau et m'as écarté les cuisses.

– Est-ce que tu le regrettes ? (Sa voix est rauque.) Regrettes-tu d'avoir joui sur mon visage ?

– Non. Je dis seulement que c'est toi qui dépasses les limites.

– Je ne suis pas un dominateur, Elizabeth. Si dorénavant tu veux t'amuser avec moi, à toi de faire le premier pas. Demain par exemple. Viens au travail et fais ce que tu veux.

– Mais je ne veux rien faire du tout.

– Menteuse. Comme je te l'ai déjà dit, j'ai deux sœurs. Je sais comment se comportent les filles quand elles ne veulent pas d'un homme.

– Comment ?

Je fronce les sourcils.

– Elles ont une certaine nonchalance, un ton agacé, une façon maladroite de le repousser. Tu n'as absolument pas cette attitude avec moi.

– Je t'ai repoussé. Arrête d'être si arrogant.

– Je ne suis pas arrogant, j'ai simplement raison. Sache seulement que tu peux venir au travail demain et jouer les allumeuses avec moi.

– N'y compte pas ! Je viens au travail pour bosser, lui mens-je.

Je serai soulagée lorsque cette semaine sera terminée. Tout devient bien trop compliqué.

9.

Le lendemain, à mon arrivée au travail, je découvre un grand bouquet de fleurs coloré sur mon bureau. J'admire ce mélange éclatant de rose, orange, jaune, vert et violet. Mon cœur s'emballe lorsque Scott s'approche de moi, avec un sourire radieux.

– Bonjour Elizabeth.

– Bonjour, lui réponds-je en penchant la tête. C'est toi qui m'as offert ces fleurs ?

– Oui. J'ai envie que nous repartions du bon pied. Je voulais m'excuser pour tout ce que j'ai dit ou fait qui aurait pu te blesser.

– Ah oui, vraiment ?, fais-je d'un ton sans doute surpris.

– Oui. (Il sourit de plus belle.) Je t'ai menti le week-end dernier quand je t'ai dit que je partais en déplacement. Excuse-moi. J'avais mes raisons, mais je n'aurais pas dû.

– Ce n'est rien, admets-je en haussant les épaules. Je m'en fiche.

– Non, ce n'est pas rien, mais si tu t'en fiches…

Sa voix s'étrangle, et je remarque qu'il ne paraît pas sûr de lui. Je culpabilise quelques secondes, puis je passe outre. Je ne veux pas que Scott se rachète et m'apparaisse autrement que comme un objet sexuel. Cela m'effraie. La vérité est que j'aime être célibataire. C'est tranquille et sans risque. J'aime pouvoir détester Scott tout en le désirant. De cette façon, cela ne peut pas aller très loin entre nous. Je n'aurai pas le cœur brisé si je ne le laisse pas l'atteindre.

– J'aimerais que tu viennes travailler chez moi ce soir, déclare-t-il en sortant un trousseau de clés de sa poche. Viens vers vingt heures trente. Je dois boire un verre à l'extérieur. Il se peut que je sois un peu en retard, mais fais comme chez toi. Nous allons sûrement travailler tard. Il y a une convention de jeux de société le mois prochain, et nous lançons trois nouveaux jeux ; j'aimerais par conséquent mettre en place quelques groupes tests.

– D'accord, j'acquiesce avec un hochement de tête et j'attrape les clés.

– Bien, mettons-nous au travail. Je voudrais vérifier quelques chiffres avec toi pour la réunion de demain. Je souhaiterais que tu fasses une présentation.

– Une présentation ? Mais je ne suis là que depuis deux jours !

– Tu peux y aller à l'esbroufe, me répond-il avec un large sourire. Tu es actrice après tout.

– Oui, mais mon style, c'est plus « Être ou ne pas être » ou « Franchement, ma chère, c'est le cadet de mes soucis ». Et non « Quand vous tombez sur la rue de la Paix, vous pouvez choisir de l'acheter ou de la laisser aux enchères ».

– Alors comme ça, tu aimes le Monopoly ?, me demande-t-il, tout sourire. Ce n'est pas le genre de jeux que nous faisons ici, en réalité. Hasbro est l'un de nos plus grands concurrents, mais je dois admettre que c'est un bon classique. Tu peux venir chez moi un de ces quatre pour y jouer si tu veux.

– Ça ne me dit rien, je lui rétorque d'un air renfrogné.

– Ou tu peux venir à l'une des soirées « jeux de société » de ma famille. On adore se retrouver pour jouer.

– Vous devez tous être très proches, fais-je remarquer, un peu envieuse. Tu parles beaucoup de ta sœur.

– Oui, nous sommes tous assez proches. Mon grand frère Chett et ma grande sœur Gabby sont un peu plus à l'écart, mais Liv, Aiden et moi sommes très complices. (Il hoche la tête et sourit.) C'est cool.

– Tu as beaucoup de chance. De mon côté, j'ai plutôt une famille à problèmes.

– Oh, la mienne aussi, s'esclaffe-t-il. Tu te souviens que je t'ai parlé de ma sœur et de son copain ?

– Le gars qui, je te cite, « a le mérite de supporter son caractère » ?

– Oui, répond-il avec un grand sourire. Eh bien, quand il a rencontré Liv, il faisait en quelque sorte semblant de sortir avec ma grande sœur Gabby. Sauf que Liv n'était pas au courant.

– Quoi ?, fais-je, bouche bée. T'es sérieux ?

– Ouais. Il était soi-disant fiancé à Gabby.

– Mais il sortait avec Liv ?

– Oui. Ils se sont rencontrés à un mariage.

– Ouah. (Je le fixe, décontenancée.) Tu plaisantes, non ?

– Non, fait-il en riant. Donc, oui, ma famille aussi est un peu tarée.

– Il devait sûrement y avoir autre chose dans l'histoire.

– Oui. Je peux peut-être te raconter tout cela autour d'un dîner un soir.

– J'en sais rien…

Je me mordille la lèvre inférieure.

– Aucune obligation. (Il hausse les épaules.) Je pourrais aussi t'en parler au lit, si tu préfères.

– Au lit ?

Je le fixe du regard.

– Avant de nous endormir après avoir fait l'amour, déclare-t-il d'un air amusé. C'est sur l'oreiller que se racontent les choses les plus intimes, non ? (Il replace délicatement une mèche derrière mon oreille.) Si tu préfères cette solution, on peut organiser ça.

– Nous n'allons pas recoucher ensemble.

Je réprime un grognement.

– D'accord, conclut-il, et je fronce les sourcils.

D'accord ? C'est tout ?

– Les cartes sont entre tes mains, Elizabeth, ajoute-t-il doucement, avant de reculer d'un pas. Tu sais ce que je veux. (Il me sourit.) Fais-toi un café et retrouve-moi dans mon bureau d'ici un quart d'heure. Nous avons du pain sur la planche.

– Oui, maître, lui réponds-je, un peu froissée.

– Je peux être ton maître, si tu le désires, propose-t-il à voix basse. Tu n'as qu'à dire ce que tu veux. (Son regard se pose sur mes lèvres, puis sur mes yeux.) Je ne suis pas James Spader, Elizabeth. Je ne vais pas t'ordonner de venir dans mon bureau pour te flanquer une fessée.

– Tu m'as ordonné de venir dans ton bureau l'autre jour, je lui rétorque sur la défensive.

– Parce que j'ai gagné un pari. (Il décoche un grand sourire.) La prochaine fois que tu veux que je te fasse jouir, tu devras me le demander.

– Dans ce cas, tu peux attendre longtemps avant que je te demande quoi que ce soit, je lâche, vexée, mais mon estomac se contracte à ces mots.

Non seulement j'ai une boule au ventre à l'idée que Scott me fasse à nouveau un cunnilingus, mais mes seins sont également parcourus de frissons, et mon cerveau me hurle que, la prochaine fois que je me retrouve dans cette situation, je dois absolument sentir son sexe en moi – et pas seulement sa langue.

– On verra. (Il me regarde d'un air malicieux et s'éloigne lentement.) Un quart d'heure, Elizabeth. Je t'attends dans un quart d'heure.

Il regagne son bureau d'un pas nonchalant, et je me retourne vers le bouquet de fleurs. Je le prends entre les mains pour le sentir. Je ferme les paupières et apprécie le parfum merveilleusement intense et frais. Je repose le bouquet sur le bureau et soupire. Quelle délicate attention de sa part. Je ne sais pas trop pourquoi il m'a offert ces fleurs. Je ne sais pas s'il est sincère. Désire-t-il réellement repartir de zéro ? Et si oui, pourquoi ? Qu'attend-il de moi ? Et que ressentira-t-il s'il apprend que, moi aussi, je lui mens ? Je me rends dans la salle de pause afin de me servir un café avant d'entamer ma journée de travail. Je ne peux m'empêcher de sourire pendant que je prépare mon café et me fais griller une tartine. Je sais que je ne suis là que pour une semaine et que ce n'est pas mon vrai métier, mais je suis excitée à l'idée de la journée qui s'annonce. Je suis excitée à l'idée de travailler avec Scott, de le voir, de sentir son odeur. J'aime être à ses côtés. Malgré toutes ses insinuations. Étonnamment, il rend ma journée plus joyeuse et plus passionnante. Et ces fleurs… C'est vraiment gentil de sa part. Je suis heureuse. En rejoignant mon bureau, je prends conscience que, même si j'ai les idées confuses, je suis heureuse. Je ne vais pas le contester. Je ne vais pas trop y réfléchir. Je vais simplement laisser les choses se faire. Peu importe ce qui arrivera, cela arrivera. Je vais profiter de cette journée et de notre petit flirt et peut-être qu'après toute cette histoire nous pourrons devenir amis. Je sais que les chances sont minces pour diverses raisons, mais impossible n'est pas français.

– Où es-tu ?, m'interroge Lacey lorsque je l'appelle depuis la baignoire à pattes de lion de Scott.

– Tu ne devineras jamais !, lui réponds-je tout en faisant courir mon doigt sur l'eau et la mousse.

– À Paris ?, suggère-t-elle, et je lève les yeux au ciel.

– La dernière fois que je t'ai parlé, c'était il y a trois heures. Comment pourrais-je déjà être à Paris ?

– Je n'en sais rien. Avec un jet supersonique ? Par téléportation ?

– Par téléportation ? (Je pouffe de rire.) C'est ça, oui !

– Où es-tu alors ?

– Cherche.

– Je ne sais pas, soupire-t-elle. J'imagine que tu n'es pas à Hong Kong.

– À Hong Kong ?, dis-je d'un ton exaspéré. Allez, Lacey.

– Elizabeth Jeffries, comment diable veux-tu que je sache où tu te trouves ?

– Je suis chez Scott, je lui murmure. Et je prends en ce moment même un bain dans sa baignoire.

– Quoi ?, s'écrie-t-elle. Tu as recouché avec Scott ?

– Non. (Je lève les yeux au ciel, même si je sais qu'elle ne peut pas me voir.) Pour qui tu me prends ?

– Pour la fille qui va sans culotte au boulot, prend la main de son patron pour la poser sur sa jupe et qui est maintenant chez lui, dans sa baignoire.

– Je n'ai pas mis sa main sur ma jupe. C'est lui qui a passé sa main sous ma jupe ! Et puis, Lacey, c'est toi qui m'as poussée à ne pas mettre de culotte.

– Je sais, mais je ne pensais pas que cela te mènerait directement dans son lit.

– Il n'est même pas là, je marmonne. Nous n'avons pas couché ensemble. Je prends seulement un bain parce que j'ai vu la baignoire, et ça m'a donné envie de me détendre un instant dans un bain moussant. Et comme il a laissé un mot pour me prévenir qu'il arriverait sûrement avec une heure de retard...

– Sais-tu à quel point ça semble être du délire, Eliza ?, fait remarquer Lacey d'un ton perplexe. Tu es allée chez ton patron pour bosser et, au lieu de cela, tu prends un bain.

– Je travaillerai après. La baignoire est gigantesque, Lacey. Elle est si grande que je peux m'allonger de tout mon long. Tu sais bien que j'adore les bains !

– Oui, mais ce n'est pas une raison pour te retrouver dans la baignoire de ton patron. Et s'il rentre et te surprend ?

– Je n'y avais pas pensé, dis-je en soupirant.

C'est un mensonge, bien entendu. J'y ai songé et ai écarté cette possibilité. Scott ne doit pas être de retour avant une heure, et je ne resterai pas aussi longtemps dans le bain. Et puis, s'il arrive en avance, peut-être sera-t-il tellement excité qu'il viendra vers moi. Non pas que j'en ai envie. Enfin si…

– S'il te trouve nue dans sa baignoire, il pensera que c'est une invitation à te rejoindre.

– Mais non…

Je me redresse soudain et tends l'oreille pour vérifier s'il y a du bruit dans la maison. Mon cœur s'emballe quand j'imagine Scott entrer dans la salle de bains et découvrir mon corps nu recouvert de mousse. Quelle serait sa réaction ? Il me ferait plus qu'un cunnilingus, j'en suis certaine. Il sera obligé de me prendre. Il sera incapable de me résister.

– À moins que ce soit ce que tu espères, ajoute Lacey, dont je saisis l'allusion (elle devine toujours le fond de ma pensée).

– Non, pas du tout, je proteste en jetant un coup d'œil à la serviette blanche et moelleuse que j'ai sortie du placard.

J'hésite entre sortir immédiatement du bain ou barboter dans la mousse et les sels de bain quelques minutes supplémentaires.

– Bien sûr que non ! Tu peux le faire croire à Scott et tu peux même essayer de t'en convaincre, mais tu ne me la fais pas à moi.

– Je ne cherche pas à berner qui que ce soit. Je n'ai pas envie de recoucher avec Scott. C'est un menteur et il s'est servi de moi pour tirer son coup.

Je répète la litanie qui m'a obsédée toute la semaine. Je dois me rappeler sans cesse pourquoi je ne veux pas avoir une histoire avec lui.

– Tu es peut-être trop sévère avec lui, Eliza. Tu ne lui as même pas laissé une chance de s'expliquer.

– Il m'a menti, je rétorque, bien qu'une partie de moi se demande si Lacey n'a pas raison – peut-être devrais-je le laisser s'expliquer. Tu sais ce que je pense des menteurs.

– Ne juge pas Scott par rapport à ce qu'a fait ton père. Cela n'a rien à voir.

– Je sais, je lui concède, alors que mon cœur fait un bond dans ma poitrine. C'est seulement que je n'aime pas que les mecs mentent.

– Je sais bien, me répond-elle d'un ton compatissant. Mais un mensonge ne fait pas de lui une mauvaise personne. Cela ne veut pas dire qu'il va te décevoir. Ni qu'il va te blesser.

– Mais ça pourrait arriver. C'est possible. (Je pense à Scott, et ma gorge se noue.) J'aimerais être plus forte, Lacey. J'aimerais pouvoir lui accorder une chance, mais, après ce que mon père et Shane m'ont fait, je suis incapable de revivre ça.

– Je sais.

– J'ai trop souffert.

J'ai la voix écorchée en évoquant mon père et mon ex-petit ami. J'ai froid tout à coup, bien que l'eau du bain soit encore chaude. J'ai le sentiment d'être une coquille vide, allongée là à penser à mes vieilles blessures et déceptions. Je me sens vide et perdue. Mais qu'est-ce que je fiche dans la baignoire de Scott ? N'ai-je rien appris de mes erreurs passées ? Pourquoi me remets-je dans cette position de vulnérabilité ? Pour une simple partie de jambes en l'air ?

– Je sais, répète Lacey.

En effet, elle ne le sait que trop bien. Elle est la seule à réellement savoir. Elle est la seule à m'avoir vue pleurer – de grosses larmes amères et déchirantes. C'est elle qui m'a vue m'effondrer, elle seule. C'est arrivé après que j'ai découvert l'infidélité de mon petit ami Shane. Mais ce ne fut pas l'unique raison. J'avais appris que mon père, qui nous avait abandonnées ma mère et moi alors que je n'avais que deux ans, avait accompagné sa belle-fille jusqu'à l'autel le jour de son mariage. Il ne savait pas que j'étais au courant. Il ne savait pas que je les avais espionnés, lui et sa famille, pour voir ce qu'il devenait. Je ne savais même pas pourquoi cela m'importait. Il ne faisait pas partie de ma vie. Pas même un tout petit peu. Plus jeune, j'avais tenté de renouer le contact avec lui, mais il trouvait toujours une excuse au dernier moment pour ne pas venir me chercher. Puis, nous avions cessé de faire des projets, et il avait peu à peu disparu de ma vie. Plus tard toutefois, j'étais partie à sa recherche. Curieusement, je n'avais pas été affectée quand j'avais appris qu'il s'était remarié et que sa nouvelle femme avait des enfants. Cela ne m'avait pas paru réel. La douleur n'avait jamais véritablement éclaté. Mais quand je suis tombée sur une photographie de mon père tenant sa belle-fille par le bras lors de son mariage, un jour après avoir appris pour Shane, j'ai tout simplement perdu pied. Mon cœur s'est brisé en mille morceaux. J'ai complètement craqué, à cogner dans les murs de douleur et de rage. Lacey est arrivée à ce moment-là. Elle n'a pas prononcé un mot. Au lieu de cela, elle m'a prise dans ses bras et m'a serrée contre elle. Elle m'a laissée pleurer jusqu'à ce que les larmes se tarissent. Elle m'a réconfortée en me disant que je méritais d'être aimée et qu'elle m'aimerait toujours. Que j'étais sa sœur et sa meilleure amie. Elle m'a expliqué que mon père perdait à ne pas me connaître, et je me suis raccrochée à ces mots, les ancrant fermement dans mon esprit.

Je me suis remise de cette mauvaise passe, mais la douleur est toujours présente dans mon cœur. Je ne cesse de me demander pourquoi on ne m'a pas aimée. Pourquoi mon père nous a quittées si facilement. Pourquoi il m'a menti tant de fois en proposant de venir me chercher. Je me demande pourquoi Shane m'a trompée. Pourquoi il est tombé amoureux d'une autre. Dorénavant, dès qu'une personne devient trop proche et me semble susceptible de me faire du mal, je fuis. C'est un réflexe, dont je ne sais comment me défaire. Je ne sais comment éviter ces réactions excessives. Je ne sais comment protéger mon cœur tout en accordant une chance aux autres.

– Tu penses que je suis trop dure avec Scott, c'est ça ?, je demande à Lacey tout en fixant la mousse qui ondoie devant moi.

– Tu fais simplement le boulot pour lequel on te paye. Je ne sais pas si Scott mérite d'être couvert de honte, mais ce n'est pas toi qui en as décidé, me répond-elle, mais je sais très bien ce à quoi elle pense.

– Je suis consciente que tous les hommes ne sont pas identiques, Lacey. Mais il ne m'a pas donné une seule raison de lui faire confiance.

Même s'il s'est excusé et m'a offert des fleurs. Cela devrait peser dans la balance, non ? Et son mensonge n'était pas si grave que cela. Ne suis-je pas la plus grande menteuse dans l'histoire ?

– Peut-être qu'il avait une bonne raison de te mentir. Après tout, que savons-nous exactement de cette Helen qui a fait appel à toi ?

– Que c'est son ex, ou quelque chose dans le genre. Je me sens tellement paumée, dis-je en soupirant.

– Et ce n'est pas grave. C'est compréhensible. Tu es paumée parce que la situation est compliquée. J'aimerais seulement que tu réfléchisses bien à tout cela.

– Tu crois qu'il mérite une seconde chance ?

– Non, je pense que c'est toi qui en mérites une. Il te plaît, Eliza. Et c'est plus qu'une histoire d'attirance sexuelle. Tu aimes sa personnalité. Tu aimes l'homme qu'il est.

– Il m'a l'air très proche de sa famille. C'est quelque chose qui me plaît chez lui, tu sais. Il parle beaucoup de sa sœur. Je crois qu'il l'aime sincèrement. C'est toujours bon signe qu'une personne soit proche de sa famille.

– Il semble être quelqu'un de bien. Accorde-lui une chance. Après tout, tu le connais à peine. Certes, tu as couché avec lui, mais tu ne le connais pas véritablement. Tu vas peut-être réellement l'apprécier, ou peut-être pas. Mais ne va pas gâcher une histoire avant même qu'elle n'ait commencé. Ne le repousse pas alors qu'il te plaît.

– Eh bien, je sais que j'aime coucher avec lui. (Je ricane, retrouvant soudain ma gaieté.) C'est vraiment un bon coup.

– Oh, Eliza ! Accorde une chance à ce type et à votre histoire.

– Qu'est-ce que je fais alors ? (Je soupire, consciente qu'elle a raison. Je ne peux pas continuer de fuir les situations qui pourraient me rendre émotionnellement vulnérable.) Le problème, c'est que je suis là pour autre chose. Et ma mission dans tout cela ?

– Fais ce que tu as à faire, mais ne danse peut-être pas devant tout le monde. Tu pourrais aussi lui expliquer pourquoi tu as été engagée, en lui demandant de faire comme si tu ne lui avais rien dit.

– Donc, pour toi, je devrais lui avouer que c'est un rôle ? Cela semble si fourbe, minable presque. Ne faut-il pas être une looseuse pour accepter ce genre de rôle ? Pas de Shakespeare, ni de Broadway pour moi. Ça non. Je travaille pour une boîte de comédiens à la demande, et mes missions sont toutes les semaines de plus en plus louches.

– Raconte-lui que tu as fait des études de théâtre. Explique-lui que tu bosses chez Candy Canes uniquement pour l'argent. Que, quand tu as été embauchée, ce ne devait être que de petits rôles. Que tu fais ce boulot uniquement pour pouvoir payer tes factures en attendant de percer.

– Et s'il pense que j'ai couché avec lui pour le fric ? Et s'il pense que…

– Elizabeth, tu réfléchis trop, s'esclaffe Lacey. Arrête et vois ce qui se passe.

– Tu crois vraiment que je devrais le faire ?

– Je crois que tu en as envie. Hier, tu es allée travailler sans culotte et tu l'as laissé te faire un cunni. Et aujourd'hui, tu prends un bain chez lui. Je ne cherche pas à faire la maline, mais soyons réalistes : tu as envie de lui. Très envie.

– C'est toi qui m'as dit de ne pas porter de culotte, je proteste en rougissant.

– Oui, mais pas de le laisser te faire un cunni au bureau.

– Ce n'était pas dans mes intentions. (Je ricane.) Je n'ai simplement pas su lui dire non.

– C'est ça, se moque Lacey d'une voix traînante. Et là, tu prends un bain uniquement parce que tes ablutions ne pouvaient pas attendre. Tu n'espères pas qu'en rentrant il te trouve toute nue dans sa baignoire, pas vrai ?

– Lacey… (Mon visage s'empourpre.) Bien sûr que non.

– C'est ça. Tu ne me la fais pas à moi, Elizabeth Jeffries.

– Lacey… Arrête ça.

– Arrêter quoi ? (Elle se met à rire.) Tu as carrément envie qu'il te prenne, mais tu veux donner l'impression que tu ne pouvais pas dire non.

– Pff, je bougonne. C'est si évident que ça ? Il n'a rien tenté du tout au boulot aujourd'hui. Il veut que ce soit moi qui aille vers lui. Mince alors ! J'ai envie qu'on me prenne et m'enflamme. (Je glousse.) J'ai envie qu'il m'attrape, me penche en avant et me baise parce que c'est tout simplement plus fort que lui.

– Je suis sûre qu'il en avait envie, affirme Lacey en riant. Il espérait certainement ce matin que tu lui retournes sa petite gâterie d'hier.

– Lacey, arrête ça ! Il n'y a pas moyen que je lui taille une pipe au bureau, dis-je en secouant la tête. Tu imagines ?

– Tu adores franchement ça, non ?, me demande-t-elle d'un air amusé.

– Oui, assez, admets-je. Je suis perdue côté sentiments, mais j'adore ce jeu, oui. Ah là là, c'est quoi mon problème ?

– Un mec te plaît, et tu ne sais pas si c'est un sale type ou pas. (Elle rit.) Nous sommes toutes confrontées à ce problème. Toutes. Je ne connais pas une seule nana qui ne se pose pas des questions sur l'homme qu'elle vient de rencontrer.

– Pourquoi est-ce si compliqué de rencontrer quelqu'un ? (Je soupire.) Et ça l'est encore plus de faire semblant de sortir avec un mec. Enfin, je ne fais pas vraiment semblant de sortir avec lui. Quel bordel. C'est dur d'y voir clair.

– Ça ne devrait pas être dur. Enfin, si, c'est préférable, mais cela peut être mou au départ, plaisante Lacey, et je lève les yeux en comprenant son allusion.

– Oui, tout peut durcir très vite, dis-je sur un ton sérieux, mais un ricanement me trahit. Surtout quand je suis dans les parages !

– Quand tu es dans les parages, les mecs sont incapables de se contrôler, renchérit Lacey. Ils deviennent raides, qu'ils le veuillent ou non.

– Je n'y peux rien si je suis aussi sexy, fais-je en riant, avec le sentiment soudain d'être légère et heureuse. Que ferais-je sans toi, Lacey ?

– Hmm, tu continuerais à faire bander les mecs, réplique-t-elle, et nous éclatons toutes les deux de rire. Et tu continuerais peut-être aussi à prendre des bains chez ton patron alors que tu es censée travailler.

– Oh, merde. (Je me fige en entendant une porte claquer.) Lacey, je crois qu'il rentre plus tôt que prévu. Qu'est-ce que je fais ?

– Eh bien, tu as deux possibilités, m'explique-t-elle en ricanant. Soit tu te dépêches de sortir du bain et tu t'habilles. Soit tu te dépêches de sortir du bain et tu passes en mode femme fatale.

– Et tu me conseilles quoi ?, je lui demande, ma nervosité à son comble quand j'entends Scott crier mon nom.

– Tu sais très bien ce que je vais te conseiller : exactement ce que tu envisages de faire.

– Oh là là, Lacey. Est-ce que je suis folle ?

Je sors du bain, attrape la serviette blanche et l'enroule autour de mon corps.

– Pas du tout. (Elle rit.) Fonce, ma belle. Et surtout, ne laisse pas tes doutes prendre le dessus.

– Dommage que je n'ai pas un verre de vin sous la main. Un peu d'alcool m'aurait bien aidée, fais-je remarquer en tentant de rassembler mon courage.

– Mais non. Allez, va t'éclater. Va lui faire tourner la tête.

– Je te laisse, lui dis-je avant de raccrocher.

Je franchis la porte de la salle de bains à l'instant précis où Scott apparaît en haut des escaliers. Il me regarde d'un air surpris, et ses yeux examinent ardemment mon corps.

– Elizabeth ? (Il s'approche de moi, avec une expression perplexe.) Qu'est-ce qui se passe ?

– Tu as bien dit que j'avais les cartes en main ? Voilà, je suis prête à jouer, beau gosse. Et toi ?

Je me poste devant lui et laisse tomber la serviette sur le sol. Les yeux de Scott s'écarquillent devant mon corps nu. Je pose ma main sur ma hanche et penche la tête d'un air charmeur.

– Quel est ton jeu ?, j'ajoute en venant coller mon corps contre le sien, dont je ressens la chaleur.

Je suis parcourue de frissons en attendant sa réponse.

– Scott, t'es où ?, demande une voix féminine au rez-de-chaussée, et je me fige une seconde, avant de récupérer la serviette et de me précipiter vers la salle de bains, le visage écarlate.

– Elizabeth, attends, s'exclame Scott qui me rattrape par la main.

Il me plaque contre le mur et presse fermement ses lèvres contre les miennes. Son baiser dure quelques secondes tandis que ses doigts caressent mes seins, ce qui me fait gémir.

– Va dans la salle de bains et attends-moi, déclare-t-il tout en s'écartant de moi, le regard sombre et mystérieux.

– Qui est en bas ?

– Va dans la salle de bains, éteins la lumière, agenouille-toi contre la baignoire et attends-moi, m'aboie-t-il, sans répondre à ma question.

– Mais…

Son regard noir me réduit au silence.

– Vas-y, me somme-t-il, une petite étincelle dans les yeux.

Je pivote sur mes talons et m'empresse de retourner dans la salle de bains. Je sens sa main asséner une claque sur mes fesses et je fais volte-face.

– C'était en quel honneur ?

– Pour ne pas m'avoir écouté, répond-il avec le sourire. Maintenant, va dans la salle de bains et attends-moi. J'arrive dans une minute.

– D'accord, James Spader… Enfin, Scott Taylor, fais-je en riant et je regagne rapidement la salle de bains, alors qu'il agite sa main devant moi d'un air menaçant.

J'éteins la lumière et patiente. Mon corps tout entier est en feu, brûlant d'impatience de connaître la suite. Je suis agenouillée contre la baignoire, les paupières closes, et je sens la rougeur sur mes fesses me picoter. Puis j'entends la porte s'ouvrir et je bondis presque d'excitation.

– Es-tu prête à jouer, Elizabeth Jeffries ?, me demande Scott d'une voix grave et rauque. Parce que j'aimerais t'apprendre un nouveau jeu.

10.

– Quel nouveau jeu ?, je suffoque quand Scott me saisit par les hanches et m'attire vers lui.

– Tu verras.

Il rit, et je l'entends ouvrir sa braguette.

– C'était qui la fille en bas ?, je m'enquiers doucement, le corps tremblant.

– Ma sœur Liv, me répond-il de sa voix rauque. Nous avons pris un verre ensemble. J'avais envie que tu la rencontres, mais, visiblement, tu avais d'autres projets.

– Oh, je ne savais pas. (Je me fige en le sentant se pencher sur moi.) Qu'est-ce que tu fais ?

– Je fais couler de l'eau, dit-il tout en ouvrant le robinet.

– Pourquoi ?

– Tu verras. (Ses doigts se fraient un chemin jusqu'à mes seins.) Je n'imaginais pas qu'une surprise m'attendrait en rentrant.

– Eh oui, tu en as de la chance, non ?

– Oui, rétorque-t-il, la voix toujours rauque.

– Du coup, Liv est partie ?, je lui demande doucement, un peu déçue de ne pas faire sa connaissance.

J'aimerais savoir à quoi ressemble sa famille. Je ne sais pas bien pourquoi, puisque cela n'a pas la moindre importance.

– Oui, elle est rentrée chez elle. (Il rit.) Elle m'en voulait parce que mon frère Aiden est attiré par sa meilleure amie, Alice, et elle pense que je fais obstacle à leur relation.

– Ah bon, comment cela ?

Je suffoque lorsqu'il plaque sa main contre mon sexe et fait courir ses doigts entre mes cuisses.

– Parce qu'Alice et moi nous sommes embrassés, répond-il d'un ton bourru tout en me caressant.

– Embrassés ?

Mon corps s'agite, fébrile. Une petite pointe de jalousie infondée me parcourt à l'idée que Scott ait embrassé une autre femme.

– Oui, ce n'était rien du tout. C'était innocent. Un petit baiser, tard un soir, mais, apparemment, Aiden est vraiment contrarié. Il pense que je veux sortir avec elle. Ce qui est faux. Non pas que ce ne soit pas une fille géniale. Je l'aime comme ma propre sœur, mais tout le monde sait qu'Aiden et Alice sont faits l'un pour l'autre. Ils s'aiment en secret depuis des années. Il faut maintenant qu'ils se décident à se mettre ensemble.

– Donc tu sais qu'une fille plaît à ton frère et tu l'embrasses quand même ? Tu as raison, ta famille est tarée.

– Je ne l'ai pas embrassée parce qu'elle me plaît. Je l'ai fait pour que mon frère se bouge enfin. Maintenant, chut, me dit-il tout en retirant sa main. Va dans la baignoire.

– Quoi ?, fais-je, confuse. Mais je viens de prendre un bain.

– Ce ne sera pas pareil cette fois…

– C'est un peu chaud.

– Tu vas t'y habituer. Allonge-toi.

J'obtempère. Je discerne à peine le contour de son visage et je me demande s'il va me rejoindre.

– Je croyais que c'était moi qui tenais les rênes ?

– Non. (Il rit.) Je n'ai jamais dit que tu tenais les rênes. J'ai seulement dit que, la prochaine fois que tu voudrais quelque chose, ce serait à toi de faire le premier pas.

– Alors comme ça, tu aimes diriger ?, je lui demande doucement alors que l'eau commence à recouvrir mon corps.

– Ça m'est égal, mais j'ai l'impression que cela te plaît que je contrôle la situation.

– Je ne sais pas pourquoi tu penses ça.

J'ai le souffle coupé quand je sens ses doigts éclabousser mon corps, puis ses paumes effleurer délicatement mes tétons.

– Je ne le pense pas, je le sais. (Il se recule, et je l'entends se dévêtir.) Quelle agréable fin de soirée.

– On peut dire ça, dis-je en souriant. Tu sais, je ne suis pas venue chez toi dans cette intention.

– Bien sûr que non.

– Non, pas du tout !

– C'est bien ce que je dis. Tu es venue pour le boulot.

– On devrait peut-être plutôt travailler, non ?

– Ça peut attendre, rit-il. Rien ne presse.

– Mais il n'y a pas cette importante convention la semaine prochaine ?

Ma voix s'étrangle – je n'assisterai pas à cet événement, ma mission sera terminée d'ici là.

– Nous pouvons en parler plus tard, ou demain matin. (Il ricane.) Ne t'en fais pas. C'est moi le patron, c'est moi qui décide.

– D'accord, chef !

Je lui fais une grimace dans le noir.

– Je pense que tu aimes ça, non ?, me demande-t-il.

– Aime quoi ?

– Que quelqu'un contrôle la situation. Qu'on te domine. Que quelqu'un soit ton « chef ».

– Non, c'est faux. Cela ne m'a jamais fait fantasmer, lui réponds-je à voix basse.

– Pourtant, tu aimes qu'on te donne une fessée. Tu aimes qu'on te prenne.

– Non, mens-je. (Je suis encore excitée par la sensation de sa main sur mon cul.) Jamais un homme ne m'a fessée.

Ce qui est vrai.

– Je ne peux pas non plus dire que je l'ai déjà fait. Mais ce film m'a donné à réfléchir.

– À propos de quoi ?

– Que ça peut être amusant de tenter de nouvelles choses.

– Tu ne vas rien tenter avec moi !

– Pourquoi pas ?

– Parce que tu ne me connais pas et que je suis ton assistante !

– Tu te rends compte à quel point ta remarque est ironique, n'est-ce pas ? Je ne te connais pas suffisamment pour tenter de nouvelles choses avec toi, et pourtant, tu es nue dans ma baignoire, à attendre que je te baise.

– Tu es vraiment vulgaire, je m'offusque en rougissant. J'essayais seulement d'être un peu audacieuse. J'avais envie de m'amuser.

– Il n'y a rien de mal à cela. Je ne vois rien de mal à ce qu'une femme se laisse guider par ses pulsions sexuelles.

– Je ne me laisse pas guider par mes pulsions sexuelles !

– Elles t'ont guidée dans mon lit le soir où l'on s'est rencontré.

– Es-tu en train de dire que je suis une fille facile ?

– Non, à moins que tu ne dises que je suis un mec facile, plaisante-t-il.

– Je sais que tout le monde le pense, mais ce n'est pas du tout mon genre d'avoir des aventures d'un soir. Ce n'est pas dans mon style de finir dans le lit de chaque beau mec que je rencontre.

– Ça m'est égal. Je ne te juge pas, affirme-t-il doucement. Ce n'est pas mon genre. Les femmes ont autant le droit de faire ce que font les hommes. Nous devrions tous être jugés sur ce que nous sommes, et non sur ce que nous faisons.

– J'imagine que c'est l'un des avantages d'avoir une sœur, dis-je à voix basse, ravie par ce qu'il vient de déclarer. Tu es plus éclairé que la plupart des mecs.

– Oui, il faut remercier Liv pour cela ! Elle m'a remis à ma place bien des fois.

– J'aurais bien aimé faire sa connaissance.

– Une prochaine fois.

– Oui, dis-je et je retiens un soupir.

Il entre dans la baignoire, et je sens sa jambe contre la mienne.

– Nous allons prendre un bain ensemble ?

– Non. (Il ricane et se penche pour attraper mes mains.) Mets-toi debout.

– Hein ?

– Fais ce que je te dis.

Il m'attire près de lui. Mon corps ruisselle contre son corps sec, et mes seins, aplatis contre son torse, glissent sur ses poils.

– Je veux que tu restes immobile.

– Immobile ?

– J'ai l'impression que tu aimes bien répéter tout ce que je dis…

– J'essaie seulement de comprendre.

– Tu comprendras bien assez tôt.

– Et donc, tu es célibataire ?

Scott se fige. Mon estomac se noue devant le silence qui s'est abattu sur la pièce.

– C'est quoi cette question ?, finit-il par lâcher.

– Je veux seulement m'assurer que nous sommes tous les deux célibataires, je me justifie tout bas, tandis que mon cœur s'emballe.

– J'espère bien que nous le sommes, répond-il, ses mains plaquées contre mes fesses alors qu'il se rapproche de moi.

Je sens son sexe frôler mon ventre.

– Je veux simplement en être certaine.

J'ai envie de lui demander qui est Helen. J'ai tellement envie de lui poser la question, mais je ne veux pas qu'il me demande comment j'ai entendu parler d'elle.

– Sors de la baignoire, grogne-t-il, puis il s'écarte de moi.

– Quoi ?

Son mouvement brusque me refroidit.

– Allez, insiste-t-il et il enjambe la baignoire. (Je le suis, tout en m'interrogeant sur ses intentions.) Penche-toi en avant comme tout à l'heure, dit-il en m'y aidant. Tiens-toi au rebord de la baignoire.

– Ne devrais-je pas me sécher d'abord ?

– Non.

Je le sens venir derrière moi. La pointe de son sexe effleure mon clitoris, et je gémis.

– Scott ?, je l'interpelle tout en me tortillant contre lui.

– Chut… (Il fait un pas en arrière, son pénis retombant d'entre mes jambes.) Pas de question, décrète-t-il, et sa main vient claquer doucement mes fesses.

– Pourquoi ?

– Encore une question…

Il me donne une nouvelle tape. Cette fois, elle est un peu plus forte, et je ressens un léger picotement.

– Tu es vraiment devenu fan de ce truc, hein ?

– Et une de plus, dit-il en me fessant à nouveau.

Son geste est un peu plus intense, et ses doigts glissent entre mes cuisses lorsqu'il retire sa main.

– Très bien, James, gémis-je et je sens que je mouille encore davantage.

– C'est Scott, me corrige-t-il en passant ses paumes sur mes fesses. Tu crois peut-être que c'est une sorte de jeu de rôles, où je serais James Spader et toi Maggie Gyllenhaal de *La Secrétaire*, mais ce n'en est pas un.

– Je n'ai jamais pensé cela, je ne me souviens pas qu'il la fesse dans une salle de bains obscure, je lui rétorque à voix basse.

– Tu es comme elle pourtant, tu ne trouves pas ? Tu en as très envie. (Il grogne en tirant mon bassin en arrière et insinue son sexe en érection entre mes jambes.) Tu aimes ça que je te pelote dans le noir, que je te mette des fessées, te caresse, te baise.

– Tu n'as pas encore fait grand-chose, maugréé-je, trépignant d'impatience alors que je sens son sexe à l'entrée de mon vagin. Tu n'as que de la gueule.

– C'est ce qu'on va voir, grommelle-t-il et il s'enfonce en moi.

Mes mains faiblissent et, appuyée contre la baignoire, je m'entends crier lorsqu'il accélère ses va-et-vient.

– Alors, tu me prends toujours pour un beau parleur ?

– Non, je bredouille alors que mes yeux se révulsent. Pas du tout.

Ma respiration se fait forte tandis qu'il me pilonne de plus en plus profondément. J'ai le sentiment que je vais m'évanouir alors qu'il me prend en levrette. Puis je sens sa main droite passer devant pour me caresser rapidement au rythme de ses coups de reins, et je me mets à hurler.

– Oh, merde, bougonne-t-il tout en se retirant.

– Que se passe-t-il ?, je crie presque. Scott…, dis-je d'une voix aussi trouble que ma vue.

– Pas de capote. Penche-toi en avant.

– Mais…

– Chut, répète-t-il et il s'agenouille. C'est de ma faute.

Il écarte mes cuisses, et je sens son visage entre mes jambes.

– Oooh, je m'écrie quand il se met à me lécher. (Quelle sensation intense, j'en perds pied.) Oh, Scott !

Sa langue me pénètre et achève ce que son sexe avait commencé. Je ne tiens pas très longtemps tandis qu'elle s'active à aller et venir en moi, et je jouis quelques secondes plus tard. Je m'effondre en avant après avoir atteint l'orgasme, puis Scott m'attrape pour me prendre dans ses bras.

– Maintenant, direction la chambre, grogne-t-il en me tenant contre lui. À mon tour.

– Nous aurions pu aller directement dans la chambre, je marmonne dans le couloir.

– J'avais envie que tu jouisses d'abord. (Il sourit, son regard pétillant posé sur moi.) Pour te récompenser.

– Me récompenser pour quoi ?

– Pour avoir eu le courage de m'accueillir en serviette de bain.

– Oh, fais-je en rougissant.

– Mais maintenant, à ton tour de me montrer tes talents.

– Maintenant ?

– Oui.

Il m'adresse un large sourire.

– C'est à mon tour de te fesser ?, je le taquine.

– Si tu veux. Si donner une fessée t'excite autant que d'en recevoir.

– Cela ne m'excite pas, mens-je. Enfin, ce n'est pas la seule chose qui m'excite. Et, à vrai dire, je ne l'ai découvert qu'aujourd'hui.

– Pas de souci. Je ne savais pas non plus avant aujourd'hui que j'aimais donner une fessée.

– Alors pourquoi tu l'as fait ?

– Je me suis dit qu'ils avaient aimé cela dans le film. (Il marque une pause.) Et je dois le reconnaître, j'ai été excité en le regardant. Cela m'a donné envie de voir par moi-même ce que ça faisait.

– D'accord. (Je déglutis.) Ça m'avait semblé plutôt tordu dans le film.

– Je savais que tu avais un côté tordu.

– Je n'ai pas l'air d'être la seule. (Je glousse.) Si mon amie Lacey m'entendait, elle m'applaudirait.

– Ah oui ? Pourquoi ?, demande-t-il en me soulevant pour me déposer sur son lit.

– Parce que, d'après elle, je n'admets jamais rien, lui réponds-je franchement. Elle pense que je garde les choses pour moi – ce qui est vrai – et c'est la raison pour laquelle je n'ose pas faire tout ce que j'aimerais.

– Tu as été plutôt directe avec moi pourtant.

– Je sais. Tu me rends courageuse, dis-je tout en l'attirant sur le lit. Je ne le suis pas autant d'habitude. Je parle plus que je n'agis.

– Je suis content que tu te lâches avec moi.

– Tu ne trouves pas ça bizarre ?

Je m'écarte pour venir le chevaucher. Je prends son sexe dans ma main et le place entre mes cuisses. J'observe son visage, plein de désir, et je ressens une certaine puissance lorsque je me penche en avant et frôle son visage de mes seins.

– Qu'est-ce que je devrais trouver bizarre ?

– Que je sois aussi à l'aise avec toi, même si je te connais à peine, gémis-je tandis qu'il suce mon téton droit.

– Non… Attends, laisse-moi prendre une capote. (Il sort un préservatif de sa table de chevet.) Cela veut simplement dire qu'on s'accouple bien.

– *On s'accouple bien ?* (Je ricane pendant qu'il enfile le préservatif.) J'imagine qu'on peut dire ça.

– Je ne veux pas dire par là qu'on est doué au lit. (Il me fait un clin d'œil, puis ses mains saisissent mes hanches pour me faire venir sur lui.) Même si c'est vrai aussi. Oh, merde alors, lâche-t-il lorsque je le prends en moi et commence à me déhancher sur lui. Je ne vais pas tenir longtemps, marmonne Scott, qui palpe mes seins pendant que je le chevauche.

– Ce n'est pas grave. Nous avons toute la nuit, lui fais-je avec malice, avant d'accélérer mes mouvements et de faire ondoyer mon bassin pour bien le sentir en moi.

– J'imagine que, du coup, nous n'allons pas travailler ce soir ?

Je ris tout en jouant avec les poils du torse de Scott. Il me fixe de ses yeux somnolents, et sa main caresse mon dos nu.

– Je n'aime pas travailler au lit. (Il secoue la tête et bâille.) Nous pourrons essayer de tout faire au bureau, ajoute-t-il en souriant. Demain matin.

– Si tu penses que ça ira.

Je me penche pour l'embrasser, encore sur mon petit nuage après nos ébats.

– Oui, nous devrions y arriver, répond-il avec un hochement de tête.

– Dans ce cas, pourquoi devais-je venir chez toi ce soir ? Admets-le, tu espérais me voir à nouveau dans ton pieu.

– Ok, j'avoue. (Il rit, et ses yeux bleus pétillent.) Je voulais une seconde chance.

– Alors que tu avais dit que c'était à moi de venir vers toi ?

– Tu me plais et je te plais, je le sais. Nous sommes seulement partis du mauvais pied, affirme-t-il avec le sourire. Je n'allais pas laisser ça tout gâcher.

– J'étais tellement fâchée contre toi pour m'avoir menti à propos de ton voyage d'affaires. J'ai cru que c'était pour me lourder. (Je me reprends : je suis censée avoir compris que c'était un mensonge uniquement lorsque je suis tombée sur lui au bureau.) Donc, quand je t'ai vu lundi matin et que j'ai eu confirmation que tu m'avais menti, eh bien, ça m'a agacée.

– C'est normal. (Il se pince les lèvres.) J'ai été bête de te dire ça. J'ai eu un souci.

– Avec ton ex ?

– Non.

Son regard s'assombrit et se détourne de moi.

– Oh. (Je me mords la lèvre inférieure. Je devine qu'il me cache quelque chose, et cela me met mal à l'aise.) Qu'est-ce qui s'est passé ?

– Peu importe. (Il repose les yeux sur moi.) Tout ce qui compte, c'est l'instant présent. Tout ce qui importe, c'est nous.

– Ça me plaît, dis-je avec le sourire. Ça me plaît beaucoup même !

11.

– Elizabeth ? (Lacey feint d'être surprise en répondant au téléphone.) C'est bien toi ? Je pensais que tu avais quitté le pays et étais en cavale.

– Cela fait deux jours, Lacey.

Je lève les yeux au ciel. Parfois, elle se comporte comme ma mère.

– Tu t'es enfuie à Las Vegas pour te marier ?, me demande-t-elle mi-figue mi-raisin.

J'ai souvent raconté que j'aimerais, pour mon mariage, une cérémonie à l'improviste.

– Oui, je me suis mariée. Je suis désormais Mme Scott Taylor. Et devine quoi ? Un petit Scotty est en route.

– Ha, ha, n'importe quoi... Alors, quoi de neuf ?

– J'ai passé les deux dernières nuits avec Scott, lui réponds-je joyeusement. Le soir où je t'ai appelée de sa baignoire, eh bien, il est rentré chez lui, et j'ai fait ce que tu m'avais dit. Je suis sortie de la salle de bains et l'ai séduit... Enfin, en quelque sorte.

– Premièrement, je ne t'ai jamais dit de le séduire et, deuxièmement, pourquoi « en quelque sorte » ?

– Bon, reprends-je avec un ton théâtral, tu te souviens de ce film bizarre, *La Secrétaire*, que nous avions maté ?

– Celui où le patron est un pervers et donne la fessée à sa secrétaire qui est cul nu ?

– Oui, celui-là. (Je ris.) Eh bien, Scott l'a regardé, et ça l'a en quelque sorte excité. Il m'a en quelque sorte fessée, et j'ai en quelque sorte aimé ça.

– Tu me donnes « en quelque sorte » envie de vomir là, s'exclame Lacey d'une voix choquée. Tu déconnes ? Il t'a fessée et tu as aimé ça ?

– Hein hein.

Je ne peux m'empêcher de sourire.

– Mais il l'a fait doucement ou plutôt fort ?

– Entre les deux.

– Tu as laissé ce mec te fesser ? Sérieusement ?

– Il ne cherchait pas à me faire de mal, Lacey. C'était torride, un peu tordu, mais je dois reconnaître que ça m'a excitée.

– Une fessée, ça t'excite à présent ?

– Oui, je suppose que oui. (Je ris.) Il n'y a rien de mal à ce que deux adultes s'amusent pendant les préliminaires.

– Et donc, qu'est-ce que tu es maintenant ? Une soumise ou un truc dans le style ?

– Lacey, il m'a fessée, d'accord ? C'est tout. Il ne m'a pas fouettée, ni attachée, ni ordonnée de rester immobile pendant cinq heures.

– Comment aurais-tu réagi s'il l'avait fait ?, me questionne-t-elle avec méfiance.

– Lacey, tu es sérieuse là ? C'est toi qui m'as dit d'aller vers Scott si j'avais envie de lui. C'est toi qui m'as dit de ne pas me laisser dominer par ma peur.

– Ouais, mais de là à te faire fesser ?

– Ne critique pas avant d'avoir essayé, ma vieille.

– D'accord, « ma vieille » ! Je dirai à mon prochain mec de me pencher en avant et de me flanquer une fessée. Plus fort, maître, plus fort !

– T'es bête ! (Je ricane.) Même si tu devrais carrément mettre ça dans *Le Charmeur charmé*.

– Bien sûr que je vais le mettre ! Sérieusement, tu as passé les deux dernières nuits avec lui ?

– Il est vraiment sympa, Lacey. Je me suis trompée sur son compte. Il me plaît beaucoup. Non seulement il est sexy, mais il est drôle aussi et il semble réellement sincère. Tu vois, il est directeur dans cette boîte de jeux de société, mais il ne fait pas ça pour le fric. Il adore son boulot. Hier soir, nous avons joué à un jeu qu'il a créé. On s'est bien marré. Il m'a expliqué que même ses frères et sœurs ne savent pas qu'il en est le créateur, mais, à moi, il me l'a dit. C'est trop bien !

– C'est cool, déclare Lacey, surprise. Il t'a confié un truc qu'il n'a même pas dit à sa famille ?

– Oui, cela semble réellement l'intimider. C'était totalement inattendu et cool. Alors que c'est un mec si arrogant, audacieux et sûr de lui. Ça m'a vraiment étonnée.

– On dirait qu'il te plaît beaucoup.

– Oui. Je crois que je l'ai jugé trop vite.

– Tu vas faire quoi pour samedi ?

– Je vais tout lui raconter. Je me moque de ne pas être payée. Bob peut aller se faire voir. Il ne pourra pas me virer. Mais je n'ai pas envie de mettre Scott dans l'embarras, même si ce n'est qu'une farce.

– Ouah, tu en pinces vraiment pour ce type, fait remarquer Lacey d'un ton enjoué. Je suis ravie pour toi.

– Moi aussi. Mais je ne sais toujours pas qui est cette Helen.

– C'est peut-être son ex.

– Peut-être. (Je pousse un soupir.) Il m'a jetée et m'a menti pour elle… (Ma voix s'étrangle.) Mais bon, je ne vais pas être négative.

– Bien, conclut Lacey. Au fait, j'ai une nouvelle à t'annoncer.

– Ah oui ?

– Je crois que mon père a pitié de moi, parce qu'il vient de m'offrir deux mille dollars pour que je m'achète un billet d'avion pour venir te voir.

– Quoi ? J'y crois pas !

– Si, et il veut que je t'en file la moitié, ce sera ma contribution à deux mois de loyer.

– Je ne peux pas accepter. Vous êtes ma famille.

– Papa m'a dit de te forcer à accepter. (Lacey rit.) Il en a marre de nous entendre nous plaindre à longueur de journée au téléphone parce qu'on ne se voit pas. Il m'a proposé de séjourner chez toi quelques mois et de me chercher un travail.

– Et ton bouquin ?

– Il m'a expliqué que la plupart des écrivains sont contraints de travailler s'ils ne gagnent pas assez d'argent pour payer les factures et que je perds mon temps en restant avec Maman et lui. Que je devrais découvrir le monde, m'amuser avec toi et vivre des expériences dignes d'être racontées dans un livre.

– J'adore ton père !

Je le pense sincèrement. Il avait été pour moi l'exemple du père parfait. Il aime tellement Lacey, et je sais que lui suggérer de partir a dû être éprouvant pour lui. C'est sa petite fille, son univers ; il déplacerait des montagnes pour elle. Il est le père que j'aurais souhaité avoir. C'est lui qui m'a montré ce que je désire pour mes enfants. Lorsque j'ai fait la connaissance de Lacey, je l'enviais que quelqu'un l'aime autant. Des nuits durant, j'avais espéré qu'il soit également mon père, et mes rêves avaient fini par devenir réalité. Il avait été présent pour moi. Il s'était occupé de moi comme d'une deuxième fille. Grâce à lui, certaines des blessures laissées béantes par mon vrai père avaient été apaisées, sans toutefois faire totalement disparaître mon chagrin.

– Oui, je l'adore aussi. Je ne l'échangerais pour rien au monde.

La voix de Lacey lui fait défaut à ces mots. Je comprends qu'elle a déjà la nostalgie de sa famille.

– Du coup, quand est-ce que tu arrives ?, je lui demande pour changer de sujet avant qu'elle ne fonde en larmes.

– Dans deux semaines, je pense. Ça t'irait ?

– C'est super. Je suis impatiente.

– Moi aussi, dit-elle doucement, mais je sais que ce n'est qu'à moitié vrai.

– Bon, je crois que demain, je raconterai la vérité à Scott. J'espère qu'il comprendra et me pardonnera.

– Il te pardonnera. Ce n'est pas comme si tu avais volontairement cherché à le doubler. Et puis, tu lui avoues avant même d'avoir fait la *lap dance*. Donc il ne se tapera même pas la honte.

– Oui, j'espère qu'il sera compréhensif.

– Mais oui, me rassure Lacey d'une voix confiante. Je suis impatiente de faire sa connaissance.

– Et moi que tu le rencontres. Tu vas l'adorer. Et peut-être qu'il a des copains très mignons parmi lesquels tu pourras faire ton choix.

– Faire mon choix ? Un peu comme à la boucherie ? Je choisis mon morceau préféré ?

– Ha ha, oui. Il te faut un type bien.

– Oui, ce serait sympa de rencontrer un mec. Mais un mec gentil. Et beau. Et riche. (Elle pouffe de rire.) Mets-toi au boulot et trouve-moi l'homme idéal s'il te plaît.

– D'accord, je commence mes recherches dès demain matin. Je te cherche un homme qui pourra t'aider à écrire *Le Charmeur charmé*.

– Oui, je suis sûre que n'importe quel gars serait partant pour ça... Ou pas !, plaisante Lacey. Enfin, ils seront peut-être partants pour ma nouvelle scène SM, grâce à Scott et toi.

– Lacey, il vaut mieux qu'il n'y ait pas de chapitre sur la fessée.

– Je ne peux rien te promettre.

– Tu es terrible ! Je t'interdis d'utiliser les prénoms Elizabeth et Scott, sinon je te fais un procès.

– Fesse-moi plus fort, Scott. Fais comme ce pervers de *La Secrétaire*. Oh oui, Scott, comme ça. Plus fort, plus fort !

Lacey éclate de rire en m'imitant, et je secoue la tête.

– Tu veux être actrice maintenant, c'est ça ? Et ça ne s'est pas exactement passé de cette façon.

– Comment alors ?, s’enquiert Lacey avec enthousiasme.

– Je ne te raconterai jamais. (Je ricane et regarde l’heure.) Bon, quand tu auras acheté ton billet, dis-moi quel jour et à quelle heure tu arrives, d’accord ?, je lui demande en bâillant. Je crois que je vais me coucher tôt, car une grande journée m’attend demain.

– Tout va bien se passer, Eliza, tu verras.

– Oui, je l’espère.

– Ça va aller. Et au lieu de sceller votre entente par un baiser, il te claquera le cul.

– Bonne nuit, Lacey.

– Bonne nuit, Eliza. Ou devrais-je dire plutôt Mme Fessée ?

Sur ces paroles, je raccroche.

Ma nervosité est à son comble lorsque j’arrive au bureau le lendemain matin. Je me sens vulnérable, stressée et excitée. Je ne sais pas comment Scott va réagir quand je lui annoncerai que j’ai été engagée pour le surprendre avec une *lap dance* par une certaine H. Smith, que je pense être la Helen

Smith de son téléphone. Je ne sais pas de qui il s'agit – sans doute, une ex mécontente –, mais j'ai envie d'accorder à Scott le bénéfice du doute concernant le désir de vengeance de cette femme.

Je déambule dans les couloirs de l'immeuble, un petit sourire aux lèvres. J'ai une paire de menottes dans mon sac à main ; je les proposerai à Scott pour qu'il m'attache à l'endroit et au moment de son choix. Cette pensée déclenche un frisson d'excitation qui me traverse de la tête aux pieds. Il pourrait me les passer immédiatement et me donner une petite fessée, avant de me faire basculer sur son bureau pour me prendre. Ce serait torride. J'inspire profondément en arrivant à mon poste. Je m'emballe. Il est possible que cette histoire le contrarie un peu et que nous ne couchions pas ensemble ce matin. Peut-être devrai-je patienter jusqu'à ce soir.

– Scott, j'ai quelque chose à te dire, je me marmonne en me dirigeant vers sa porte, pour tester différentes répliques. Scott, écoute, il y a quelque chose que tu devrais savoir. Salut Scott, tu sais que je suis actrice, et les actrices acceptent toutes sortes de jobs bizarres ?

Je grimace. Non, cette phrase, ce n'est pas possible. Il pourrait me demander quels boulots bizarres j'ai acceptés dans ma vie. Au moment d'entrer, je remarque que Scott discute avec une femme brune, juchée sur de très hauts escarpins noirs. Je les épie quelques secondes.

– Écoute Helen, je ne vais pas faire cela maintenant, déclare Scott d'une voix nerveuse, et mon cœur s'arrête.

Helen ? La Helen ?

– Il faut qu'on parle, Scott, dit-elle doucement, et je l'aperçois poser sa main sur son bras. Nous ne pouvons pas continuer comme ça.

Ouah, quoi ? Continuer comme ça ? De quoi parle-t-elle ? Mon visage s'empourpre alors que je reste plantée là à les écouter.

– Helen, peste Scott, apparemment contrarié.

– Et moi alors, Scott ?

Helen se rapproche de lui, et mon cœur se met à cogner de plus en plus fort.

– Je refuse de faire cela ici.

Scott la toise et il prononce quelque chose que je ne parviens pas à entendre.

– Qui c'est la nouvelle ? Tu la sautes ?

Helen semble jalouse, et je me fige en attendant la réponse de Scott. C'est l'instant de vérité.

– Bien sûr que non. C'est mon assistante. Je ne ferai jamais une chose pareille.

Scott la regarde comme si elle était folle ; je fais un pas en arrière. Ainsi, il ment à mon sujet.

– Tu sais ce qui se passera si je découvre que tu te tapes ton assistante. Ce serait terminé, lance Helen d'une voix forte.

– Helen, s'il te plaît… (Il soupire et agite les mains devant elle.) Je ne sais pas ce que tu veux que je dise. Tout ce qui compte, c'est l'instant présent.

J'ai le souffle coupé en l'entendant prononcer exactement les mêmes mots qu'il m'avait dits sur l'oreiller quelques jours plus tôt. C'est confirmé donc. C'est un coureur de jupons. Il s'est joué de moi et de cette Helen. Il couche sans doute avec nous deux. Je quitte rapidement la pièce et je sens les larmes ruisseler sur mes joues lorsque je me précipite vers les toilettes des femmes. Je me réfugie dans un cabinet pour pleurer. Je m'en veux d'avoir baissé la garde. Je n'en reviens pas d'avoir laissé Scott entrer dans ma vie et qu'il m'ait menti. Il ne vaut pas mieux que mon père ou Shane. Il va me le payer. Demain, pendant la soirée, je vais lui faire la *lap dance* la plus torride qui soit et le couvrir de honte devant tous ses collègues. Je vais lui donner une bonne leçon. Cela lui apprendra à me mentir.

12.

Je dois être bonne actrice. Je parviens à sourire, rire et flirter avec Scott toute la soirée du vendredi ainsi que le samedi, jour de la fête de l'entreprise.

– Quelle robe sexy, me complimente-t-il lorsqu'il vient me chercher chez moi.

– Trop sexy pour une fête d'entreprise ?, je lui demande avec une moue charmeuse.

– Pas du tout. (Il m'adresse un grand sourire.) Trop sexy peut-être pour un dîner avec ma famille, mais pas pour une fête d'entreprise.

– Un dîner avec ta famille ?

– Oui, j'aimerais que tu rencontres Liv et Aiden, Alice, Xander (c'est le copain de Liv), Chett et peut-être Gabby.

– Oh, fais-je, surprise.

– À moins que ce ne soit trop tôt. (Il me regarde en grimaçant.) Pardon. Je ne suis pas doué pour ce genre de choses. Je ne sais pas si c'est trop tôt.

– Non, c'est bon, je le rassure avec un sourire crispé.

Je ne comprends pas Scott, ni les hommes en général. Peut-être ne réussirai-je jamais à les comprendre. Pourquoi souhaite-t-il me présenter à sa famille alors qu'il se moque de moi ? Helen les a-t-elle tous rencontrés ? Est-ce pour cette raison qu'elle a un comportement insensé à présent ? Lui a-t-il fait croire qu'il l'aimait, avant de la larguer sans état d'âme ?

– Hé, pas besoin de te tracasser, rit Scott. Je ne veux pas précipiter les choses. On peut y aller doucement.

– Oui, je sais, lui réponds-je avec le sourire tout en montant à bord de sa voiture.

– Alors contente d'aller à cette fête ?, me demande Scott pour changer de sujet, lorsqu'il met le moteur en marche.

– Oui, j'ai hâte. On va bien s'amuser.

– Je le pense aussi. (Il affiche un sourire radieux.) Je suis certain que nous allons bien manger, danser… On pourra peut-être aller au cinéma ensuite ?

– Ouais. C'est parfait, dis-je en regardant par la fenêtre. J'ai hâte surtout de danser.

– Cool ! Je dois t'avouer que je ne suis pas un très bon danseur, mais j'essaierai.

– Oh, ce n'est pas grave. C'est moi qui mènerai la danse, je murmure tout bas.

Et je vais tout faire pour qu'il se rappelle cette danse toute sa vie.

– Asseyons-nous dans ce coin, je propose à Scott en le conduisant vers une partie sombre de la salle.

– Je croyais que tu voulais danser ?

– Oui, c'est vrai. (Je me penche pour chuchoter à son oreille.) Je veux te faire une petite danse en privé.

– Une danse privée ? (Ses yeux s'illuminent.) Qu'est-ce que ça veut dire ?

– Ça veut dire que je porte une robe, mais pas de culotte, lui réponds-je avec un clin d'œil.

– Alors, vas-y, danse autant que tu veux !

Il sourit jusqu'aux oreilles, je secoue la tête et ris. Il est si innocent. Il ne se doute pas le moins du monde de ce qui va se produire. Je souris intérieurement, mais je me sens triste. Je suis déçue qu'il ne soit pas quelqu'un de sincère. Malgré tout, je l'apprécie. Cela me met en rage contre moi-même. J'ai envie de lui accorder une seconde chance. Tout comme je l'avais fait pour mon père. Je lui avais toujours trouvé des excuses. Chaque fois qu'il me proposait de m'emmener au restaurant, j'acceptais. Je me disais : « Cette fois, on ira réellement. Cette fois, il semble sincère. Il a envie de me voir. Je suis sa fille. Pourquoi me mentirait-il ? Il m'aime, non ? » Et je restais toute la journée assise dans le salon, à fixer la fenêtre en attendant mon père, patientant jusqu'à ce que la nuit tombe et que je finisse par aller me coucher. Il ne venait jamais. À chaque fois, la déception et le chagrin me fendaient un peu plus le cœur. Je ne comprends pas que certaines personnes puissent mentir aussi facilement, et aussi inconsidérément, sans se soucier des autres. Mon père se fichait bien de m'avoir laissé tomber. Et maintenant... Maintenant, Scott se fiche bien de moi. M'attirer près de lui, me parler de sa famille, m'inviter à dîner, faire comme s'il m'aimait bien et pensait que nous allions vivre une histoire. Comment peut-il jouer de la sorte avec mes sentiments alors qu'il y a toujours quelque chose entre Helen et lui ?

Je me tourne vers Scott, j'admire son beau visage, son sourire enfantin et impatient, ses grands yeux bleus avides, et une partie de moi se brise. Je me penche pour l'embrasser langoureusement. Je l'embrasse pour chaque partie de mon corps qui a sincèrement apprécié chaque partie du sien, puis je m'écarte. Je ne dois pas songer à ce que j'aime chez lui, ni tomber dans le piège de son âme. Je le fais s'asseoir sur une chaise et commence à me déhancher au rythme de la musique.

– C'est très torride.

Il rit et ses mains se faufilent sous ma robe jusqu'à mes fesses.

– On ne touche pas !

Je l'embrasse sur la joue. Puis, j'attrape mon sac à main pour en sortir les menottes. Je l'attache rapidement par les poignets à la chaise.

– Des menottes, hein ? (Il hausse un sourcil et gesticule sur sa chaise.) Je savais que tu étais tordue.

– Ouais.

Je viens sur lui, de sorte que son sexe soit juste entre mes jambes. J'ondule sur ses genoux. Ses yeux s'assombrissent de désir, et il gémit.

– C'est très sexy, Eliza, mais j'ai peur que l'on nous voie.

Il rit et tourne la tête vers la fête.

– Ça te pose un souci ?, je lui rétorque et je l'embrasse avant qu'il ne puisse répondre.

Je me lève d'un bond, me retourne et me rassieds sur ses genoux, en frottant mes fesses contre son entrejambe et en me déhanchant jusqu'à ce qu'il bande comme un âne. Je l'excite, mais j'en suis tout autant excitée, et je peine à rester concentrée. Je caresse son membre en érection à travers son pantalon avant de l'en extraire.

– Elizabeth ?, dit Scott, l'air hagard. Qu'est-ce que tu fais ?

– Chut. (Je me penche pour l'embrasser, avant de m'empaler sur lui.) Oooh…

Je gémis contre ses lèvres tandis que je fais des va-et-vient sur ses genoux, ma danse nous électrisant tous les deux. Je rebondis sur son entrejambe, l'enfonce profondément en moi et crie à chaque coup de reins. Il jouit fort et vite, et nous nous embrassons passionnément quand j'atteins l'orgasme à mon tour. Soudain, j'entends quelqu'un crier dans mon dos.

– C'est quoi ce bordel ?

Je me fige et jette un coup d'œil derrière moi : une vingtaine de personnes nous fixent depuis l'autre côté de la salle, avec Helen au premier rang. La réalité me rattrape brusquement. Ça y est, c'est terminé. Ma gorge se noue lorsque je me relève et remets ma robe en place. Je regarde Scott ; son visage tourné vers l'attroupement est écarlate.

– Oh, merde.

– J'imagine que ta copine va te larguer maintenant, espèce de menteur.

– Ma copine ? (Scott me considère avec perplexité.) Elizabeth, remonte ma braguette et enlève-moi ces menottes, me demande-t-il d'une voix rauque.

– Pourquoi ? Tu n'as pas envie que tout le monde voie avec quoi tu viens de me baiser ?

Je lui lance un regard noir.

– De quoi tu parles ? (La voix de Scott se fait plus forte.) Retire-moi ces menottes. Il y a du monde qui nous regarde.

– Bien sûr, finis-je par dire au bout de quelques secondes avant de le détacher.

Un silence stupéfait règne, et je sais que tout le monde a les yeux braqués sur nous. J'ai accompli ma mission à la perfection. Peut-être même encore plus que ne l'escomptait Helen Smith. J'ai bel et bien mis Scott dans l'embarras. Non seulement je lui ai fait une *lap dance*, mais nous avons aussi eu un rapport. Il n'a pas fini d'en entendre parler.

– Elizabeth, que se passe-t-il ?, m'interroge Scott alors qu'il s'empresse de reboutonner lui-même son pantalon. Tu as oublié où nous étions ou quoi ?

– Toi aussi, tu l'as oublié, je lui rétorque avec un sourire narquois. Tu ne te plaignais pas quand j'ai attrapé ta bite pour te chevaucher.

– Bah, je me suis laissé prendre au jeu, se justifie-t-il avec un petit sourire, puis son expression change lorsqu'il aperçoit par-dessus mon épaule Helen, qui se dirige droit vers nous. Fait chier, marmonne-t-il.

Je détourne le regard, je ne veux pas voir son visage. C'est trop douloureux de savoir que cet homme que j'appréciais sincèrement m'a menti.

– Scott, je vais te demander de venir dans mon bureau. Cela va à l'encontre de notre règlement, énonce Helen d'une voix méprisante.

Mon cœur s'arrête quelques secondes. De quoi parle-t-elle ? Les mots qu'elle prononce ne sont pas ceux auxquels je m'attendais. Je pensais la voir pleurer et lui hurler que son infidélité l'avait anéantie.

– C'était un petit jeu innocent au cours d'une fête, déclare Scott en soupirant. Lâche l'affaire, Helen.

– Tu as lu la charte des RH, Scott. Tu sais que forniquer au bureau contrevient aux règles de l'entreprise.

Les règles de l'entreprise ?

– Oublie cela. (La voix de Scott trahit de nouveau son agacement.) J'en ai assez que tu essaies de me pourrir la vie, simplement parce que tu ne m'intéresses pas.

À ces paroles, mon regard se porte aussitôt sur lui. *Oh, putain*, me dis-je, me sentant soudain très mal. J'ai merdé.

– Que se passe-t-il, Scott ? (Ma gorge se serre.) Qui est cette Helen ?, je lui demande en la pointant du doigt.

Je vous en prie, faites que cette femme soit sa petite amie ou son ex. Faites que Scott soit le salaud que je crois.

– Fait chier, je ne voulais pas te mêler à cette histoire. Cela ne me semble pas juste comme tu viens d'arriver dans l'entreprise, soupire Scott. Mais je suppose que, maintenant, je dois tout t'expliquer. Helen est la directrice des ressources humaines et elle m'en veut depuis qu'elle s'est pris un gros râteau avec moi à la fête de l'entreprise, l'année dernière.

– Je ne me suis pas pris de gros râteau, conteste Helen, d'un air contrarié.

– Tu m'as proposé qu'on baise ensemble, et j'ai refusé, répond Scott d'un ton glacial. Je considère que c'est un râteau. (Il souffle, puis se tourne vers moi.) Depuis l'année dernière, Helen ne cesse de m'appeler et de m'envoyer des textos. Au début, c'était sexuel, puis elle a commencé à se fâcher et a voulu se venger. Elle me harcèle presque. J'ai essayé de gérer cela à ma façon, mais c'est à croire qu'elle veut me faire virer. Le week-end où je t'ai rencontrée, Eliza, je t'ai menti parce qu'elle n'arrêtait pas de m'envoyer des SMS, et quand je l'ai appelée pour lui demander quel était son problème, elle m'a répondu que si je pouvais ramasser une nana dans un bar et la niquer, alors je pouvais bien la niquer elle aussi. J'ai compris qu'elle me suivait. J'ai décidé d'en parler au président de l'entreprise. Je n'ai pas voulu te mêler à cette histoire pour ne pas t'effrayer ; je voulais régler ce problème et te recontacter ensuite.

– Mais au bureau hier, tu lui as dit qu'il n'y avait rien entre nous. J'ai cru que vous…

Ma voix s'étrangle.

– Je ne voulais pas qu'elle soit au courant. (Scott soupire.) Entre toi et moi, il y a quelque chose de particulier. Et puis, j'aime mon job. J'aime bien aussi que tu travailles pour moi. Je ne voulais pas que l'un de nous ait des ennuis ou se fasse virer. (Il s'interrompt et fronce les sourcils.) Je ne savais pas que tu nous avais vus discuter hier.

– Oh. Je n'ai pas voulu vous déranger. (Mon visage s'empourpre.) Il faut que je t'avoue quelque chose, Scott, j'ajoute, la voix éraillée.

Helen, qui n'avait pas pipé mot jusque-là, me toise et m'adresse un sourire bienveillant et serein.

– Vous pouvez disposer maintenant, Elizabeth. Vous avez fait du bon travail. Informez Bob que je lui enverrai une prime de mille dollars pour vous. Je suis ravie de votre investissement pour ce rôle.

– Hein ? Quoi ? (Scott se renfrogne, et mon cœur tambourine.) Quel rôle ? Elizabeth, de quoi parle Helen ?

– Oh, tu ne savais pas ? (Helen sourit gentiment, mais son regard est plein de rancune.) Elizabeth est actrice chez Candy Canes ; c'est une entreprise qui propose d'engager des comédiens pour faire tout ce que l'on veut. Je l'ai recrutée il y a deux semaines pour cette mission : elle devait te faire croire qu'elle t'appréciait, puis te couvrir de ridicule pendant cette fête. Tout ce qu'elle a pu dire ou faire, c'était du cinéma.

– Elizabeth ? (Scott me dévisage, choqué.) Est-ce que c'est vrai ?

– Oui, elle a même réclamé plus d'argent après avoir vu ta photo, enchérit Helen avant que je n'aie le temps de répondre.

– On t'a confié cette mission il y a deux semaines ? (Il fronce les sourcils.) Avant notre rencontre dans le bar ?

– Je peux t'expliquer, dis-je faiblement.

– Et tu m'avais déjà vu en photo ? (Il se rembrunit.) Donc au bar, tu savais qui j'étais ?

– Plus ou moins… Je… Je ne savais pas si…

Ma voix se brise. Je ne sais que dire. J'ai tout foiré.

– Donc tout ça, c'était de la comédie. (Il se lève d'un bond.) Ta colère, tes blessures, ta relation avec ton père… Tout ça n'était que du pipeau.

– Non, bien sûr que non. (Je bondis et attrape Scott par le bras.) Je t'en prie, Scott. Discutons-en.

– Tu t'es vraiment foutu de ma gueule. (Il bascule la tête en arrière et rit amèrement.) Et dire que tu as essayé de me faire culpabiliser !

– Ce n'est pas ce que tu crois. J'ai couché avec toi parce que tu me plais. Et j'avais l'intention de tout te révéler. Vraiment.

– Finalement, tu as agi comme une pute, me lance-t-il avec dégoût.

– Je dirais une *escort*, le corrige Helen en me toisant d'un air supérieur. Dans le fond, c'est une *escort*.

– Je ne suis ni une pute, ni une *escort*. J'ai couché avec toi parce que tu me plaisais beaucoup, Scott.

– Dans ce cas, pourquoi tu ne m'as pas expliqué ce qui se passait ?

– Parce que je t'ai vu avec Helen au bureau et je ne savais plus quoi penser. J'ai cru que c'était ta petite amie, que tu la trompais avec moi et que tu nous mentais à toutes les deux.

– Donc en gros, tu me mentais, et c'est moi qui n'étais pas honnête dans l'histoire ?

Il me considère d'un air renfrogné, et sa voix est tendue. J'acquiesce d'un signe de tête et prends une profonde inspiration. Ma poitrine m'oppresse, les larmes me montent aux yeux.

– Il faut que tu comprennes, Scott. J'avais envie de te faire confiance. Mais tu ne m'as pas facilité la tâche. Je suis venue à ton bureau pour tout t'expliquer et je vous ai aperçus tous les deux en pleine discussion. Tu lui as dit que tout ce qui comptait, c'était l'instant présent, exactement ce que tu m'avais dit.

– Quoi ?, fait-il en fronçant les sourcils.

– Tu lui as débité la même phrase qu'à moi. « Tout ce qui compte, c'est l'instant présent », je m'écrie. J'ai pensé que ça devait être une formule que tu sors à toutes les filles.

– Putain, Elizabeth, ce n'est qu'une expression, lâche-t-il, fâché. Qui, de toute évidence, pouvait s'appliquer aux deux situations. Si tout va bien entre nous, tout le reste n'a pas d'importance. Ce que je voulais te dire, c'est qu'il n'y a que toi dans ma vie ; aucune ex ne compte. Et avec Helen, ce que j'entendais par là, c'est que je fais bien mon travail et que c'est la seule chose qu'elle devrait prendre en considération.

– Je n'en savais rien. Si j'avais su, je serais venue te parler. S'il te plaît, Scott, j'ai merdé. Pardonne-moi.

– Non, c'est terminé, dit-il en secouant la tête. Je ne peux pas accepter cela. Je n'en reviens pas que tu m'aies fait ce coup-là. Tu n'as fait que me juger, sans jamais me faire confiance. Pendant tout ce temps, c'est toi qui mentais.

– Scott…

Je tends la main vers lui, mais il me repousse.

– Arrête. (Il me fixe quelques secondes, et son regard me paraît peiné.) Je croyais qu'entre toi et moi, c'était particulier. Je l'ai pensé dès que je t'ai rencontrée. Je savais qu'il y avait une fêlure en toi. Je savais que tu avais souffert. Mais tu avais tout de même du cran. Tu étais timide et naïve, tout en étant audacieuse et excentrique. Je ne savais jamais à quoi m'attendre. J'adorais cela. Je me disais « Cette fille ne cessera jamais de me surprendre. Elle pourrait avoir une place particulière dans ma vie. » Merde, je me suis même dit que tu pouvais être la femme de ma vie. Mais tu t'es foutu de moi. Tu m'as bien eu. J'imagine que tu es vraiment une bonne actrice. Attention Hollywood, Elizabeth Jeffries débarque ! Je te guetterai aux Oscars l'année prochaine. Je suis sûr que tu remporteras une statuette.

– Scott… (Je me mords la lèvre inférieure.) S'il te plaît, laisse-moi t'expliquer.

– Je n'ai pas envie de t'écouter. C'est terminé. Je n'ai pas besoin de psychodrames dans ma vie. J'ai des choses plus importantes à gérer dans l'immédiat. Garder mon boulot par exemple.

– Je suis désolée, dis-je avant d'attraper mon sac.

Je quitte lentement la salle, toute honteuse et le cœur brisé. Comment les choses ont-elles pu mal tourner à ce point et si rapidement ? Comment ai-je encore tout fait foirer ? Je regagne ma voiture et laisse les larmes couler. C'est terminé, j'ai tout gâché. Et tout cela pour quoi ? Deux cents dollars ?

Deuxième partie

La seconde fois que j'ai travaillé pour l'un des frères Taylor

Un mois plus tard

13.

– Bob a téléphoné. Il voudrait que tu le rappelles dès que possible, m'annonce Lacey, qui pose les yeux sur moi quand j'entre dans le séjour. La douche était bonne ?

– Chaude. (Je lui souris, puis bougonne.) Pff, je n'ai pas envie de parler à Bob.

– Pardon d'avoir décroché. Ton téléphone n'arrêtait pas de sonner, je me suis dit que ce devait être important.

– Oh, ce n'est pas grave. C'est seulement que je n'ai pas envie de lui parler. (Je jette un coup d'œil à la table basse devant Lacey recouverte de notes, et je souris.) Tu as bientôt fini ton premier jet ?

– Tu plaisantes ? Je suis vraiment perdue. Je ne sais pas s'il y a trop de scènes de cul ou pas assez.

– Pourquoi tu ne me lirais pas quelques passages pour que je te donne mon avis ?

– Sérieusement ? Je viens d'imprimer cette scène et je me demande si je n'en ai pas trop fait.

– Vas-y. (Je m'installe dans le canapé à côté d'elle.) Je n'ai rien de prévu aujourd'hui.

– Tu ne veux pas rappeler Bob d'abord ?

– Cela ne me dit rien de me déguiser en clown ce week-end. (Je secoue la tête et m'assois en tailleur.) Et grâce aux deux mois de loyer offerts par ton père, je ne suis pas obligée de le faire.

– Ouais. (Lacey hoche la tête.) Tu avais besoin de faire une pause.

Elle me dévisage quelques secondes. Je sais qu'elle s'interroge : doit-elle me demander comment je me sens ? Nous n'avons évoqué qu'une seule fois ce qui s'est passé avec Scott, et je n'en ai jamais reparlé. Elle sait que je suis du genre à aborder un sujet seulement quand j'ai vraiment besoin d'en discuter. Elle sait que, depuis l'histoire avec Shane, je veille à ne pas trop m'épancher, car cela m'attriste encore plus, et je veux m'épargner cela.

– Vas-y, je l'exhorte avec un signe de tête. J'attends.

– D'accord. (Elle sourit nerveusement et se racle la gorge. Elle ramasse quelques feuilles sur la table basse et les classe dans un certain ordre.) « Minuit, l'heure du crime. Minuit, l'heure où Cendrillon quitta son prince. L'heure où le prince se transforma en loup-garou – l'heure où je connus ma première nuit divine. Je sens encore la caresse de sa main sur la courbe de mes fesses, comme si elle était un prolongement de mon corps. Je ressens encore les frissons, la peur et l'excitation. J'entends encore le claquement franc et puissant de sa main contre ma peau à vif. Pan, pan, pan ! L'extase. Cinq doigts, une paume. Qui aurait cru qu'ils pouvaient faire naître tant de plaisir ? » (Lacey s'interrompt et étudie mon visage ; elle porte sa main à la bouche devant mon expression légèrement stupéfaite.) Oh mince, Elizabeth, je suis vraiment désolée. Je n'ai pas réfléchi.

– C'est bon, lui dis-je, sans même un battement de cils, à la fois hébétée et triste.

– Je ne voulais pas te lire cette scène. Je n'ai pas fait gaffe.

Je pose ma main sur la sienne.

– Ce n'est pas grave. Ne sois pas gênée. Ce n'est pas comme si Scott et moi étions les seuls à avoir expérimenté la fessée. De nombreuses chambres ont vu des couples connaître cette « extase », pour reprendre ton expression.

– Je me sens tellement maladroite, regrette-t-elle en poussant un soupir et en me regardant avec ses yeux bruns désolés. Excuse-moi.

– Lacey, c'est bon. Sincèrement. Mais je vais quand même aller chercher un peu de vin. J'ai besoin d'un verre. Tu en veux un ?

– Oui, s'il te plaît.

– Ok, attends un instant.

Je me rends rapidement dans la cuisine où je m'empare de deux verres et d'une bouteille de Moscato que j'avais mise au frais. Je prends également un paquet de petits gâteaux, avant de regagner le salon.

– Tu sais, c'est plutôt drôle, fais-je remarquer en posant les verres sur la table basse.

– Quoi donc ?, demande Lacey, avec un air perplexe alors qu'elle lève les yeux de la page sur laquelle elle travaille.

Ses lèvres sont tâchées d'encre noire, et les boucles souples de ses longs cheveux bruns encadrent son visage. Elle porte un vieux tee-shirt

Mickey Mouse et un jogging noir. Je ressens une vague de chaleur en la regardant. Je suis tellement contente que Lacey soit là avec moi.

– Que tu aies inclus une scène de fessée dans *Le Charmeur charmé*, alors que tu étais scandalisée quand je t'ai raconté que Scott et moi l'avions fait durant nos préliminaires.

– Au départ, j'étais un peu choquée, et puis je me moquais de toi. (Elle m'adresse un grand sourire.) Mais après, j'y ai repensé, et la fessée est très tendance ces jours-ci. *Le Charmeur charmé* a besoin d'une bonne petite fessée. Ça rend l'histoire vraiment torride et pimentée.

– Tu crois que c'est ça qui pimente tous les livres à l'eau de rose du moment ?, lui dis-je en riant.

– Plus c'est pimenté, mieux c'est. Je veux que mon bouquin soit si torride que les gens rougiront rien qu'en l'ouvrant.

– Hmm, d'accord. (Je ricane.) Il faut que ce soit un peu plus osé qu'une fessée alors !

– Ouais, tu dois avoir raison. (Elle marque une pause, puis m'observe quelques secondes avant de reprendre la parole.) Au fait, as-tu parlé à Scott ?

– À qui ?, fais-je, puis je secoue la tête. Non.

– As-tu essayé de le contacter ?

– Non. (Je rejette ma tête contre le dossier du canapé.) Il ne m'a pas contactée non plus. Il me déteste.

– Il ne te déteste pas, Eliza, j'en suis certaine.

– Mouais, je suis sûre que si. S'il ne me déteste pas, il ne m'aime pas du tout. Pour lui, je suis une garce doublée d'une menteuse.

– Je suis persuadée que si tu lui expliquais tout, il comprendrait.

– Lacey, je lui ai expliqué ce qu'il s'est passé. Il s'en foutait. Il pense que je suis hypocrite parce que je n'ai pas été honnête avec lui dès le début et que je lui en voulais de m'avoir menti sur son voyage.

– Tu peux au moins… (Sa voix s'étrangle quand elle remarque l'expression de mon visage.) Ok, ne le contacte pas.

– Ça ne sert vraiment à rien.

– D'accord. (Elle hoche la tête et attrape la bouteille de vin pour nous servir.) Tiens, dit-elle en me tendant un verre. Tu devrais rappeler Bob, histoire de voir le boulot qu'il a à te proposer. Cela te permettrait de sortir de la maison.

– Plutôt que de rester là à t'embêter, tu veux dire ?, je lui rétorque en riant.

– Tu ne m'embêtes pas ! Et c'est chez toi, Eliza.

– Tu sais que c'est chez toi aussi, poulette, et tu as raison, je devrais voir quel boulot Bob veut me proposer. Peut-être qu'avec l'argent je pourrais nous offrir un agréable petit séjour au Spa.

– Un séjour au Spa ?

– Une journée du moins ! J'ai très envie d'un bain de boue et d'un massage.

– Oh oui, ce serait sympa, confirme-t-elle tout en s'étirant. Un massage en profondeur réalisé par un masseur qui s'appellerait Brody, serait très musclé et aurait des mains puissantes. (Elle gémit et ferme les yeux.) Il dénouerait toutes mes tensions. Mmm, je le sens déjà. Et je serais nue, et il masserait mon corps tout entier. En tout bien tout honneur, bien sûr. Ensuite, il me ferait un gommage avec du sel de la mer Morte, puis il me retournerait et…

– Euh, Lacey, il s'agit d'une scène de ton livre ou de ta vraie vie sexuelle ?

– Quoi ?, fait-elle en rouvrant les paupières, le visage rosi.

– Lacey, on ne va pas au Spa pour avoir un orgasme. Tu as vraiment besoin d'un mec.

– Je sais, bougonne-t-elle. L'écriture de ce bouquin me rend tout excitée, et qu'est-ce que j'ai ? Rien !

– Tu as Magnus.

– Magnus ? (Elle fronce les sourcils.) C'est qui lui ?

– Le sex-toy que je t'avais offert à la fac…

– Ce gode de vingt-cinq centimètres ? (Elle éclate de rire.) Tu ne pensais pas sérieusement que j'allais me servir de ce truc ! Magnus est dans mon placard chez mes parents.

– Pauvre Magnus.

– Pauvre de moi, tu veux dire. (Elle rit et je l'imite.) Il faut qu'on sorte et qu'on essaie de rencontrer des mecs.

– Oui, sans doute…

– Mais uniquement quand tu te sentiras prête.

– Je peux toujours jouer les entremetteuses, je lui propose d'un ton enjoué. Attends, laisse-moi rappeler Bob et je reviens. On pourrait peut-être sortir ce week-end.

– Ouais, ce serait cool. (Elle m'adresse un sourire pétillant.) On pourrait aller danser… ou peut-être pas, se reprend-elle d'un air penaud, et je lève les yeux au ciel en quittant la pièce.

Quoi qu'elle dise, Lacey voudra aller danser. C'est un incontournable de nos soirées entre filles. Nous adorons toutes les deux nous déhancher sur les tubes pop et hip-hop du moment, et il n'y a rien de tel que de s'enivrer et de draguer des inconnus. Nous aurions dû sortir faire la fête et nous amuser depuis longtemps déjà.

Je compose le numéro de Bob et attends qu'il décroche. Notre dernière conversation n'avait pas été plaisante. Je lui avais crié dessus, et il m'avait reproché de manquer de professionnalisme, avant de me virer. Bien entendu, il ne le pensait pas réellement. Il m'a appelée tous les jours durant le mois passé pour me supplier de retravailler pour lui. Il a plus besoin de moi que moi de lui. Je suis la seule à tolérer ce salaire de misère et ces missions douteuses.

– Elizabeth, répond-il au téléphone d'une voix enthousiaste. Je suis heureux d'avoir de tes nouvelles, déclare-t-il, tel un oncle ravi d'entendre sa nièce préférée.

– Bonjour Bob. (Je perds déjà patience.) Je vous rappelle suite à votre coup de fil. Qu'est-ce qu'il y a ?

– On m'a confié une mission pour toi.

– Pour moi ?, dis-je, le cœur battant, pleine d'espoir.

– Enfin, pas pour toi en particulier. (Il change de ton.) On m'a seulement demandé une jolie jeune femme.

– Et je suis la seule à faire l'affaire, c'est ça ?

– Le salaire est de mille dollars par semaine.

– Mille dollars par semaine ?, je répète, les yeux écarquillés. Et que dois-je faire pour cela ? Coucher tous les soirs ?

– Elizabeth !, s'indigne-t-il. Tu sais que je ne te demanderai jamais une chose pareille.

– Oui bien sûr, je lui rétorque en levant les yeux au ciel. En quoi consiste cette mission ?

– Il y a un type qui veut que tu fasses semblant d'être sa petite amie.

– Mouais… (Je me mets à rire.) Bob, vous venez de me dire que vous ne me proposeriez jamais un tel boulot.

– Ce n'est pas ce que tu crois. Il veut rendre une fille jalouse. C'est cela son but. Il est amoureux d'une fille et il veut lui faire croire qu'elle a de la concurrence.

– Pardonnez mon langage, mais c'est quoi son putain de problème ? C'est ridicule. Ce gars aime une fille et il engage une fausse petite amie ?

– J'imagine qu'il veut être certain d'avoir trouvé la bonne. Écoute, je ne connais pas leur problème, mais j'ai rencontré le bonhomme, et il me paraît réglo. Il semble vraiment amoureux de cette fille.

– Il aime cette fille et, au lieu de le lui dire, il se prend une fausse copine ?

– Je ne suis pas psychologue, je n'explique pas le comportement des gens. Mais ce type est avocat et, je te dis, je pense qu'il est réglo.

– Mouais… (Je fronce les sourcils.) Vous vouliez me demander autre chose, Bob ? Parce que je vais refuser votre offre et raccrocher.

– Donc, on est d'accord, je dis non à Aiden Taylor ?

Je me fige.

– Comment s'appelle ce type ?, je lui demande incrédule.

– Aiden Taylor.

– Oh non ! Et comment s'appelle la fille dont il est amoureux ? Attendez, ne me le dites pas, est-ce que c'est Liv ? Non, attendez, ça, c'est sa sœur. Alice ?

– Oui. Comment le sais-tu ?, s'étonne Bob.

– Merde alors ! Cette famille ne peut-elle pas me laisser tranquille ?

Mon visage s'embrase quand je comprends que mon nouveau client n'est autre que le frère de Scott.

– Tu le connais ?

– Non. Oui. Enfin, pas vraiment, je soupire.

– Vas-tu accepter cette mission du coup ?

– Non, réponds-je catégoriquement.

Mais un sentiment d'excitation naît en moi. Peut-être cela me permettrait-il de revoir Scott. Peut-être que si je pouvais le voir, je pourrais m'expliquer.

– Enfin, peut-être, me reprends-je. Je veux d'abord rencontrer cet Aiden.

– Je peux vous arranger un rendez-vous demain si tu veux.

– D'accord. C'est bon. Mais ne lui dites pas que j'ai accepté la mission. Simplement que je souhaite le rencontrer pour voir si je peux lui venir en aide.

– Très bien. (Bob semble jubiler. Il imagine sans doute déjà sa nouvelle Jeep ou ce qu'il s'achètera avec l'argent qu'il empochera.) Viens demain au bureau à onze heures.

– D'accord.

Je raccroche et enfouis mon visage dans mes mains. Je ne sais pas du tout si je commets une erreur, mais je sais en revanche que le destin m'accorde une seconde chance. Du moins, je l'espère.

– Bonjour, je me présente, Aiden.

Un homme de grande taille se lève et me tend la main. Il a un immense sourire, et ses énormes yeux bleus me rappellent Scott, à cela près que les cheveux d'Aiden sont plus sombres.

– Elizabeth, lui dis-je tout en lui serrant la main.

Je cherche à déceler dans son regard si mon nom lui évoque quelque chose.

– Enchanté, ajoute-t-il avec un petit sourire. On s'assoit ?

– Oui. (Je prends place sur la chaise à côté de la sienne.) Où est Bob ?

– Il est parti au Burger King, me répond Aiden, dont je sens les yeux posés sur mon visage. Il avait un bon qui expirait aujourd'hui ou quelque chose comme ça.

– Bien entendu…

Je ris et me redresse, faisant ainsi ressortir ma poitrine. Je me concentre sur Aiden pour voir s'il va lorgner sur mes seins, mais il continue de fixer mon visage. Cela me plaît. Je le teste, je veux être certaine qu'il apprécie sincèrement cette Alice et n'a d'yeux que pour elle.

– Expliquez-moi pourquoi nous sommes là, Aiden. Je ne comprends pas très bien.

– Bien sûr. (Il hoche la tête et attrape son téléphone.) Attendez, je voudrais vous montrer quelque chose.

– D'accord.

Je l'observe parcourir son téléphone.

– Vous voyez cette fille ?

Il me tend son portable, et j'étudie l'écran. C'est la photographie d'une jolie fille avec de grands yeux bleus, des cheveux blonds et un sourire niais.

– Oui.

– C'est l'amour de ma vie, déclare-t-il d'une voix légère. Elle s'appelle Alice. J'ai l'impression de l'avoir connue toute mon existence, ce qui est un peu vrai d'ailleurs. C'est la meilleure amie de ma sœur. Je l'aime depuis toujours et je veux passer ma vie avec elle.

– Ouah, d'accord. Alors pourquoi sommes-nous là ?

– Regardez cette photo.

Il décoche un grand sourire et me montre un second cliché. Il s'agit d'une autre jolie fille. Celle-ci a des cheveux bruns et des yeux marron. Je sens mon cœur cogner dans ma poitrine : *faites s'il vous plaît que cette femme ne soit pas l'autre amour de sa vie.*

– Oui ?

– C'est ma sœur Liv.

– Ah, c'est Liv !

J'observe la photographie d'un peu plus près. C'est la sœur de Scott, celle dont il voulait que je fasse la connaissance.

– Oui. (Aiden fronce les sourcils en me dévisageant.) Vous la connaissez ?

– Non, non, désolée. Continuez.

– Ah, d'accord. (Il me scrute attentivement quelques secondes, avant de poursuivre.) Liv et Alice sont des femmes merveilleuses, extrêmement drôles et belles, mais elles sont toutes les deux très immatures. Elles font beaucoup de gamineries, s'amusent énormément et, parfois, je ne sais pas si elles sont sérieuses ou non. (Il lâche un soupir.) J'aime ma sœur et j'aime Alice. J'ai vraiment envie de demander à Alice de sortir avec moi, mais j'ai besoin de savoir si elle est prête pour une vraie relation. Si elle tient sincèrement à moi ou non. (Il grimace.) Je sais que cela doit paraître foireux, mais je me suis dit qu'en vous demandant de faire semblant d'être ma petite amie, je pourrais en quelque sorte forcer la main d'Alice et voir où nous en sommes véritablement.

– C'est un peu risqué, non ?, lui fais-je remarquer en fronçant les sourcils.

– Oui. Mais c'est un risque calculé que je suis prêt à prendre.

– Un risque calculé, hein ? (Je glousse.) Vous parlez comme un avocat.

– On ne se refait pas !

– Et que pense votre famille de toute cette histoire ?

– Liv n'est pas au courant. (Il rit.) J'en ai parlé à mes frères Chett et Scott ; d'après eux, ce pourrait être une bonne idée.

– Ah oui, vraiment ?

Je me penche en avant. J'ai envie de lui poser des questions sur Scott. Où est-il ? Que fait-il ? Comment se porte-t-il ? A-t-il déjà fait allusion à moi ?

– Oui, mais cette décision ne revient qu'à moi, affirme-t-il sérieusement. Je ne vous demanderai rien d'inconvenant. Seulement que vous m'accompagniez à quelques soirées ou sorties pour voir la réaction d'Alice, et peut-être aussi que vous laissiez des messages sur ma page Facebook ou des choses de ce genre.

– Cela semble plutôt innocent, dis-je pensivement.

– Oui, rien d'extravagant. Je suis prêt à vous payer trois mille dollars par semaine.

– Trois mille dollars par semaine ?

Ce salaud de Bob ne m'en reverse que mille. Je dois vraiment lui demander des explications sur sa commission.

– Ce n'est pas suffisant ?, s'inquiète Aiden.

– Non, c'est très bien. (Je me penche en arrière quelques instants.) Êtes-vous certain de vouloir faire cela, Aiden ? Parfois, les jeux et les petits mensonges ne sont pas la bonne solution.

– J'en suis certain, me répond-il, le regard déterminé et pétillant rivé sur moi.

Sa forte ressemblance avec Scott me décontenance légèrement et me fend le cœur.

– Très bien. Vous pouvez compter sur moi. Tenez-moi informée de ce que vous attendez de moi, et ce sera chose faite.

– Super. Merci. Vous n'imaginez pas ce que cela signifie pour moi. (Il se lève d'un bond et m'étreint brièvement.) Merci, Elizabeth.

– Vous me remercierez si cela fonctionne avec Alice.

– Oui. (Il hoche la tête et fait un pas en arrière.) Espérons que oui.

– Si c'est la femme de votre vie, alors oui, cela fonctionnera. C'est votre destinée.

– Oui, je le crois. (Aiden me regarde dans les yeux, et j'ai le sentiment qu'il essaie de lire dans mes pensées.) Nous devrions déjeuner ensemble cette semaine pour décider de notre façon de procéder, et puis j'aimerais aussi apprendre à vous connaître, Elizabeth. Étant donné que nous allons passer beaucoup de temps ensemble…

– Oh, il n'y a pas grand-chose à savoir, dis-je avec un sourire timide.

– Il y a toujours beaucoup à savoir. (Il me lance un regard entendu.) Je vous tirerai les vers du nez.

Je ris, sans faire de commentaire. Il est loin de se douter que je pourrais lui révéler avoir eu une histoire avec son frère…

– Je vous libère. Peut-être pouvons-nous discuter demain midi autour d'un repas ?, me suggère Aiden.

– Oui, cela me semble bien. On se retrouve ici ?

– Parfait ! Il faudra aussi que l'on apprenne à se tutoyer.

– Oui, vous... Enfin, tu as raison.

– À plus tard, Elizabeth.

– Au revoir, Aiden, dis-je et je l'observe quitter la pièce.

Je m'apprête à appeler Lacey pour lui raconter mon rendez-vous, mais je décide plutôt de joindre ma mère. Je ne lui ai pas parlé depuis plusieurs semaines et je sais qu'elle attend sûrement mon appel. Je vais lui téléphoner tant que mon moral est au beau fixe, en espérant qu'elle ne me le plombe pas.

– Allô ?, répond ma mère d'un ton doux et interrogateur, même si je sais que l'identité du correspondant s'affiche sur son téléphone.

– Salut Maman, c'est moi.

– Elizabeth ?

– Je suis la seule à t'appeler Maman, fais-je d'un ton exaspéré.

– C'était juste pour vérifier, rétorque-t-elle sur la défensive.

– Comment vas-tu, Maman ?, je lui demande, pour ne pas entrer immédiatement dans le vif du sujet.

– Bien.

Elle pousse un soupir, long et profond, qui m'indique que ce n'est pas tout à fait vrai.

– Qu'est-ce qui ne va pas ?

– Ils m'ont supprimé mon aide alimentaire, m'annonce-t-elle avec un filet de voix. J'ai faim.

– Tu n'as rien à manger ?

– Rien de bon, répond-elle d'un ton amer.

– Tu veux que je t'envoie de l'argent ?

– Non, j'ai l'argent de la sécurité sociale et mes tickets alimentaires, m'explique-t-elle d'une voix déchirante.

– Je peux t'envoyer un peu d'argent si tu as faim.

– Je pensais que tu t'en fichais. Je suis sans nouvelles de toi depuis des mois.

– Maman, je t'ai appelée il y a trois semaines.

Je soupire, regrettant déjà mon coup de fil.

– Je pensais avoir souffert quand ton père est parti, mais rien n'est plus douloureux que lorsque votre propre enfant, que vous avez mis au monde sans péridurale, prend à peine de vos nouvelles.

– Maman, je t'enverrai de l'argent, d'accord ?

– Ne l'envoie pas par Western Union. Ce sont des voleurs. Dépose-le sur mon compte. J'en ai un chez Chase maintenant.

– Ils t'ont laissé en ouvrir un nouveau ?

– Oui, je suis allée dans une autre succursale. Ils n'ont pas vérifié dans la base, m'explique-t-elle en jubilant presque. Ce n'est pas mon problème.

– Et s'ils prennent l'argent que je te vire pour renflouer ton autre compte ?

– Ils ne peuvent pas faire ça. C'est mon argent !, hurle-t-elle. Ce serait du vol.

– Oui, lui dis-je, bien que j'estime que ce n'est pas du vol à partir du moment où l'on a des dettes.

– Est-ce que tu peux m'envoyer l'argent aujourd'hui ?, me demande-t-elle, pleine d'espoir.

– Pourquoi ?, fais-je méfiante.

– Pour que je puisse aller au magasin. Pour acheter de la nourriture.

– Mouais…, je me contente de lui répondre.

Je sais qu'elle ne va pas acheter de nourriture. Je sais qu'elle n'a pas faim. Je sais ce qu'elle désire en vérité.

– Pas de mouais avec moi, Elizabeth.

– Pardon, Maman. Bon, à part cela, comment vas-tu ?

– Bien. (Elle soupire.) J'ai toujours des migraines, mais ce foutu médecin ne veut pas me prescrire de l'oxycodone. Il se fiche que j'aie mal.

– Ah bon.

Je me mords la lèvre inférieure. Ma mère a un problème de dépendance aux médicaments depuis des années, mais elle refuse de l'admettre.

– C'est ridicule. S'il me l'avait prescrit, j'aurais été remboursée, se lamente-t-elle. Toi aussi, tu devrais être révoltée.

– Ouais, dis-je simplement.

Je sais que c'est pour cette raison qu'elle veut mon argent. Elle veut des médicaments pour se soigner elle-même. Je sais qu'elle est accro. Je suis consciente de ses problèmes. Je tente depuis des années de lui en parler, mais elle refuse toujours de m'écouter. Et les services sociaux jugent que sa toxicomanie n'est pas suffisamment sévère pour justifier une cure de désintoxication. Je n'évoque même plus le sujet avec elle, au risque de la rendre furieuse contre moi. Je n'ai plus la force d'endurer cette colère et ce stress.

– Comment va Lacey ?, s'enquiert ma mère d'une voix douce.

Elle adore Lacey, presque plus qu'elle ne m'aime. Je ne sais pas pourquoi, mais je suppose que c'est parce que Lacey a une patience infaillible et écoute toujours ma mère comme si elle était la personne la plus importante au monde.

– Bien. Elle habite chez moi en ce moment. Elle écrit un livre.

– Tant mieux pour elle. Tant mieux pour vous les filles, déclare ma mère d'un ton enjoué.

J'ai le cœur brisé en constatant avec quelle facilité elle passe de l'aigreur à la bonne humeur. J'adore la facette heureuse de ma mère. Je déteste la version d'elle qui est accro et maussade.

– Vous vivez à fond vos rêves, poursuit-elle. Sans faire la même bêtise que moi. Épouser un bon à rien qui vous quittera vous et votre petite fille, sans hésiter une seule seconde.

– Ouais, enfin, je ne suis pas près de me marier, et Lacey non plus, dis-je avec un petit soupir. Mais, Maman, je dois y aller, d'accord ? J'ai quelque chose à faire pour le boulot. Envoie-moi ton RIB par e-mail, et je te ferai un virement.

– D'accord, ma chérie. Je t'aime, me lance-t-elle, et je m'empresse de raccrocher.

Je sors de Candy Canes, le cœur lourd. Pas étonnant que je sois aussi paumée. J'appelle aussitôt Lacey pour essayer de me changer les idées.

– Salut Eliza, quoi de neuf ?, me demande-t-elle tout excitée. C'était bien le frère de Scott alors ? Scott était là ?

– Oui, c'était le frère de Scott et, non, Scott n'était pas là.

– Que s'est-il passé ? Qu'est-ce qui ne va pas ?, s'inquiète-t-elle. Qu'est-ce qu'il a fait cet abruti ?

– Rien. (Je soupire.) Je viens de parler à ma mère.

– Oh, fait Lacey, et nous restons toutes les deux muettes un instant. Comment va-t-elle ?

– Elle a besoin d'argent, pour manger, je lui explique d'un ton léger.

– Oh. (Lacey sait elle aussi que la nourriture est bien la dernière chose que ma mère a envie d'acheter.) Tu veux faire quelque chose cet après-midi ? Aller dans un endroit sympa ?

– Tu ne dois pas travailler ?

– Faisons une pause. Nous le méritons bien toutes les deux. On pourrait peut-être aller au cinéma près du lac et voir un vieux film en noir et blanc.

– Tu es sûre ? Tu détestes les films en noir et blanc.

– Certaine. (Elle ricane.) Il me faut seulement un peu de pop-corn.

– D'accord, c'est une super idée. Merci.

Je sens les larmes me piquer les yeux. Lacey est vraiment la meilleure amie dont on puisse rêver. J'ai été affligée de deux parents horribles, mais Lacey les remplace à bien plus d'égards qu'on ne pourrait l'imaginer.

– Non, merci à toi. J'étais là à chercher en vain comment écrire « Il bandait » de façon très sensuelle, sans tomber dans le porno.

– Ah, et quelles étaient tes options ?

– Sexe raide, pénis gigantesque, verge gonflée, dard sensuel, érection grandissante, membre turgescent, sucette à la fraise.

– Sucette à la fraise ?, fais-je avant d'éclater de rire.

– Oui, sucette à la fraise. J'avais aussi pensé à sucette au chocolat !

– Oh, Lacey… Et pour quoi as-tu opté ?

– Sexe raide, glousse-t-elle. Il faut parfois rester simple, non ?

– Oui, tu ne voudrais pas embrouiller tes lecteurs. Ils pourraient s'interroger en découvrant que l'héroïne mange une sucette au chocolat.

– Ou qu'elle se fait fourrer par une sucette au chocolat, ajoute-t-elle en ricanant.

– Ouais, imagine qu'une lectrice te contacte pour savoir où elle peut trouver une sucette au chocolat à se fourrer.

– Beurk, tu es dégoûtante.

– Mais non. (Je ris.) Je te donne seulement un aperçu de ce qui t'attend, madame la sexologue.

– Je ne vais pas donner de conseils sexuels, proteste Lacey. Je ne crois pas qu'on me consultera parce que j'ai écrit *Le Charmeur charmé*.

– Tu serais surprise, je plaisante. Bon, je rentre à la maison, et on pourra aller ensuite au cinéma.

– Parfait. À tout de suite.

– Oui, à tout de suite, lui dis-je avant de raccrocher.

Je contemple le ciel et reste ainsi quelques minutes, m'interrogeant sur ce que me réserve demain.

14.

– Salut Elizabeth, lance Aiden lorsque je décroche le téléphone. Comment ça va ?

– Alice a aimé l'une de mes publications aujourd'hui, je lui annonce en riant. Nous avons donc la confirmation qu'elle sait que j'existe.

– Oh, Alice. (Il ricane). Est-ce qu'elle a laissé un commentaire ?

– Non. Alors, que faisons-nous maintenant ? Nous faisons semblant de sortir ensemble sur Internet depuis deux semaines. Quel est ton plan ?

– Je vais l'appeler et mentionner innocemment que nous avons rendez-vous.

– Où cela ?

– Comment ça, où cela ?

– Où allons-nous pour notre rendez-vous ? Je sais qu'il n'y aura pas véritablement de rendez-vous, mais si Alice te demande où nous allons, tu devras avoir une réponse toute prête.

– Oh, tu as raison. On se fait un restau, puis un ciné ?

– Non. C'est trop intime. Tu veux la rendre un peu jalouse, pas lui faire croire qu'elle n'a aucune chance.

– Quoi alors ?

– Une exposition peut-être ? C'est anodin, tout en restant sympa.

– Oui, c'est vrai. Euh, est-ce que je devrais glisser que nous allons au musée de l'Érotisme ? Pour qu'elle s'imagine des choses ?

– Aiden ! Tu es bien un mec, toi ! Non, ne parle pas du musée de l'Érotisme. Dis que tu m'emmènes voir une expo, Picasso, Monet ou n'importe quoi. Regarde ce qu'il y a en ce moment.

– D'accord, je vais faire ça. Je crois qu'il y a une expo Degas actuellement.

– Parfait, ce sera notre rendez-vous. Si elle te pose la question, nous allons voir l'expo sur Degas.

– Très bien. (Il rit.) Oh et, au fait, est-ce que tu joues au football américain ?

– Non, lui réponds-je, et il glousse.

– Réponse sincère, mais j'ai besoin que tu t'y mettes.

– Ah, pourquoi ?

– Nous allons tous jouer en équipe, et j'aimerais bien que tu viennes.

– C'est qui, « tous » ?

– Alice, Liv, mes frères, le fiancé de Liv, Xander, et son frère Henry.

– Tes frères Scott et Chett ?, je lui demande doucement, le cœur battant.

Oh là là, vais-je enfin revoir Scott ? S'il est là, quelle sera sa réaction ? Que pensera-t-il ? Me détestera-t-il toujours ?

– Ouais. Bonne mémoire, remarque-t-il d'un ton surpris. Je ne t'ai parlé d'eux qu'une seule fois.

– Oui, je suis actrice, tu te rappelles ?, je m'empresse de lui répondre. C'est mon métier d'avoir bonne mémoire.

– C'est sûr ! Nous avons un match cette semaine. Je t'enverrai les infos par texto pour que tu puisses venir. Tu es d'accord ?

– Oui, ça me paraît bien. (Je prends une profonde inspiration.) Je vais donc faire la connaissance d'Alice ?

– Oui. (La voix d'Aiden s'adoucit.) Elle sera là aussi.

– Tu devrais simplement l'inviter à sortir avec toi, Aiden.

– Je le ferai, déclare-t-il en soupirant. J'ai juste besoin d'avoir la certitude qu'elle en a réellement envie. Parce que, pour moi, nous deux, c'est pour la vie. Si elle n'est pas prête pour ça, j'aurai le cœur brisé.

– Je comprends. Je te rappelle plus tard, Aiden, dis-je avant de raccrocher.

Je m'allonge sur mon lit et ferme les paupières. Que ressent-on lorsque l'on est autant aimé par quelqu'un ? Cette Alice ne se rend même pas compte de sa chance. Aiden est carrément fou d'elle. J'espère seulement qu'elle mérite cet amour. Je crains en la rencontrant de ne pas la trouver assez bien pour Aiden. Ou de découvrir qu'elle ne l'aime pas autant que lui. Je prie pour qu'elle soit la femme de sa vie. Je ne suis pas certaine de pouvoir supporter un autre chagrin d'amour, quand bien même ce ne serait pas le mien.

– Lacey, je n'en reviens pas que je doive jouer au football américain, je grommelle dans le téléphone en me dirigeant vers le terrain où je suis censée retrouver Aiden.

– Ma belle, on s'en contrefiche du foot ! Ce qui m'intéresse, c'est que tu revois Scott !

– Ouais, il y a ça aussi, dis-je nonchalamment, bien que mon cœur batte la chamade.

– Comment tu te sens ?

– Nerveuse comme pas possible, lui réponds-je, la gorge sèche.

– C'est normal. Je suis sûre que ça va bien se passer. Je parie qu'en te voyant il va te supplier de ressortir avec lui.

– J'en doute sérieusement. Surtout quand il apprendra que je suis là avec Aiden.

– Tu ne vas pas le laisser penser que vous êtes ensemble, si ?

– Oh que non, fais-je en riant. Je lui expliquerai dès que j'en aurai l'occasion.

– D'accord… J'aurais aimé pouvoir venir.

– Oui, moi aussi. Tu pourras peut-être venir au prochain match. Avec un peu de chance, ce sera amusant. Dire que je vais rencontrer toute la famille de Scott, je n'en reviens pas !

– Je sais, c'est dingue.

– J'espère qu'il n'est plus en colère contre moi. (Mon ventre se noue.) Ça craindrait.

– Ma cocotte, attends-toi à ce qu'il t'accueille froidement et vois ensuite ce qui se passe.

– Ouais. (Je pousse un soupir.) Je sais. Mince, je les aperçois sur le terrain. Je t'appelle sur le chemin du retour, d'accord ?

– Ok. Bonne chance, me lance Lacey avant de raccrocher.

Je range mon téléphone dans mon sac et me précipite sur le terrain. Je prends plusieurs profondes inspirations tout en me rapprochant du groupe. Je me dirige vers Aiden et je remarque qu'Alice me fixe de ses grands yeux.

– Te voilà, mon chéri, dis-je avec un immense sourire.

– Lizzie !, s'exclame Aiden, qui me retourne un sourire radieux.

Il y va peut-être un peu fort, mais qui suis-je pour dire quoi que ce soit ? Alice me scrute d'un air crispé, et je dissimule un petit sourire. Peut-être qu'après tout elle a aussi des sentiments à son égard.

– Désolée pour le retard.

– Tu n'es pas en retard, répond Aiden. (Je me retrouve maladroitement dans ses bras tandis qu'il me donne une rapide accolade et m'embrasse sur la joue.) Tu es pile à l'heure.

Il me sourit, et ses yeux bleus pétillent. Je tourne la tête vers Alice et j'aperçois un léger voile de tristesse recouvrir son visage. À cause de son expression, je me sens plutôt mal, même si cela prouve qu'elle tient à Aiden.

– Elizabeth, je ne sais pas si tu connais Alice, reprend-il. C'est la meilleure amie de ma sœur Liv. (Il fait un signe de tête en direction d'Alice ; ils échangent un rapide regard.) Et Alice, je te présente Elizabeth, une bonne amie.

J'en rirais presque. Une bonne amie en effet. Je trouve mignon que, malgré cette mascarade, Aiden ne veuille pas qu'elle pense que je suis sa copine.

– Salut, me dit Alice tout en me souriant.

Je vois à la lueur de ses yeux bleus qu'elle veut être sincère et gentille envers moi. Cela me surprend. Je m'attendais à y percevoir une sorte de jalousie haineuse. Nous échangeons quelques banalités mais je peine à me concentrer. Où est Scott ? Je meurs d'envie de le voir. Je culpabilise de ne pas me focaliser pleinement sur la conversation, mais il semble évident que la seule chose qui intéresse Aiden comme Alice, c'est de discuter tous les deux. Il me paraît de plus en plus flagrant qu'Alice est tout autant amoureuse d'Aiden. Je ne sais pas comment il peut être si aveugle et penser qu'Alice doute de ses sentiments, mais ce n'est pas mon rôle de l'en convaincre.

– Oh, et voici Liv et Scott, déclare Aiden. (Je sens mon corps s'embraser. Le moment est venu.) Salut vous !, lance-t-il en souriant à son frère et à sa sœur. Je voudrais vous présenter mon amie, Elizabeth. Elizabeth, voici ma sœur Liv et mon frère Scott.

Scott me fixe intensément, et je plonge mon regard dans ses yeux bleus. Je l'observe, le cœur tambourinant. Il est sexy dans son jogging noir et son tee-shirt blanc. Trop sexy. C'en est presque insoutenable. J'ai envie de l'embrasser. J'ai envie de toucher son visage. Ses lèvres. De sentir son corps chaud et ferme contre le mien. Mais au lieu de cela, je reste immobile, à sourire comme une idiote. Pendant la partie de football, je souris à Aiden et m'efforce au mieux d'ignorer Scott, mais une seule pensée m'obsède : aller lui parler. J'en ai terriblement envie. Je trouve un prétexte pour aller le voir à la fin du match, mais, à l'instant même où je m'apprête à courir vers lui, je le vois se diriger vers Alice, et ils quittent le terrain ensemble. Mon estomac se vrille. Je ne songe qu'à une seule chose : lui plaît-elle ? Je me souviens qu'ils se sont embrassés une fois. Va-t-il chercher à séduire Alice, alors même qu'il sait que son frère est amoureux d'elle ? J'ai envie de hurler et de lui courir après. Je veux les empêcher de partir ensemble. Je veux le supplier de me parler. Finalement, je m'approche d'Aiden et m'entretiens avec lui quelques instants au sujet de ses intentions, puis je pars. Un match est prévu la semaine suivante, et je suis résolue à discuter avec Scott avant que cette mission auprès d'Aiden ne soit terminée.

Tandis que nous sommes installées devant la télévision ce soir-là, Lacey lâche soudain :

– Elizabeth, tu sais que je t'aime, n'est-ce pas ?

– Oui, pourquoi ?

Je la considère avec méfiance.

– Il faut que tu appelles Scott.

– Quoi ? Sûrement pas !

– Sûrement que si. Tu ne vas pas pouvoir tenir jusqu'à la semaine prochaine. Et puis, s'il ne te parle pas à ce match ? Et s'il repart encore avec Alice ?

– Je m'inquiéterai de cela la semaine prochaine.

Je fais la moue.

– Appelle-le. (Elle attrape la télécommande et fait un arrêt sur image.) Maintenant.

– Ouah, quelle autorité !

– Tiens, ton téléphone, me dit-elle en me tendant mon portable. Je ne te rends pas la télécommande tant que tu n'auras pas appelé Scott. Peu importe que tu le fasses ce soir ou dans quinze jours. Pas de coup de fil, pas de télécommande.

– Tu ne pourras pas tenir sans télé aussi longtemps.

Je lui fais une grimace.

– Tu veux parier ?

Elle incline la tête et sourit.

– Bon, d'accord… Je vais lui téléphoner. (Je me lève d'un bond du canapé et quitte le salon.) Et crois bien que je ne vais pas te faire le plaisir d'entendre la conversation.

– Oh, dommage, raille Lacey avec un grand sourire. Qu'est-ce que je vais bien pouvoir faire ?

– Je m'en fiche...

Je secoue la tête et me dirige vers ma chambre. Je referme la porte derrière moi et saute sur mon lit. Je m'allonge et fixe mon téléphone, le cœur battant à toute allure. J'ai envie d'appeler Scott, mais je ne sais pas quoi lui dire. Va-t-il au moins répondre à mon appel ? A-t-il ne serait-ce qu'envie de me parler ? Je ne sais que faire. Je ferme les yeux, prends une profonde inspiration et commence à déverrouiller mon téléphone lorsque je reçois soudain un message. Mon cœur bondit : c'est lui.

Scott : *Salut.*

Ce n'est qu'un mot, mais cela me semble être un océan de mots. Je lui réponds aussitôt, je ne vais pas m'amuser à le faire poireauter.

Elizabeth : *Salut.*

Scott : *Comment tu vas ?*

Elizabeth : *Bien. Et toi ?*

Scott : *Pas trop mal. Alors comme ça, tu vois mon frère maintenant ?*

Elizabeth : *Non. Tu sais bien que non.*

Scott : *Oui.*

J'attends de voir s'il va m'envoyer un autre message. Il ne me contacte pas uniquement pour me demander cela, si ?

Mon téléphone sonne.

Scott : *J'ai parlé à Aiden de Candy Canes. Je ne pensais pas que c'est toi qu'il engagerait. C'est la seule entreprise qui m'est venue à l'esprit. Il voulait qu'une femme fasse semblant d'être sa petite amie.*

Elizabeth : *À vrai dire, j'étais le seul choix possible.*

Scott : *Pas étonnant.*

Elizabeth : *J'espère que tu n'es pas fâché.*

Scott : *Il aime Alice, tu sais.*

Elizabeth : *Je sais. Et elle aussi l'aime.*

Scott : *Je sais.*

Elizabeth : *Ils devraient être ensemble.*

Mes doigts tremblent. J'ai envie d'ajouter : « Tout comme nous. »

Scott : *Tu as l'air d'aller bien.*

Elizabeth : *Toi aussi.*

Scott : *On dirait que tu n'as pas reçu de fessée depuis un certain temps.*

Elizabeth : *Tu pourrais remédier à cela.*

Je retiens mon souffle en appuyant sur « Envoyer ».

Scott : *Je t'en veux toujours.*

Elizabeth : *Je sais.*

Scott : *Tu t'es bien fichue de moi.*

Elizabeth : *Ce n'était pas mon intention.*

Scott : *Si tu avais des doutes, tu aurais dû me demander des explications.*

Elizabeth : *Je n'ai pas réfléchi.*

Scott : *De toute évidence.*

Elizabeth : *J'ai eu une enfance difficile. Deux parents paumés. Ça a laissé des traces. Je suis désolée.*

Scott : *Je croyais que c'était ton père qui vous avait abandonnées ?*

Elizabeth : *Oui, mais ma mère aussi est larguée.*

Scott : *Oh. Désolé.*

Elizabeth : *Ce n'est pas de ta faute. Et ce n'est pas une excuse. Mais à cause de ça, je suis nulle pour les relations et les histoires de couples.*

Scott : *D'accord…*

Elizabeth : *Ta famille est géniale en revanche. J'adore Aiden. Il est incroyable. Et Liv semble très drôle.*

Scott : *Ouais, ils sont pas mal. Je ne les échangerais pour rien au monde.*

Elizabeth : *Le fiancé de Liv, Xander, semble sympa aussi. Pourquoi l'appelle-t-elle Mister Tongue ?*

Scott : *Qui t'a dit qu'elle l'appelait comme ça ?*

Elizabeth : *Je l'ai entendue le dire à Alice.*
Scott : *Oh. No comment…*
Elizabeth : *Pourquoi ?*
Scott : *Tu n'as pas envie de savoir.*
Elizabeth : *Si.*
Scott : *Alors je n'ai pas envie d'en parler.*
Elizabeth : *Pourquoi cela ?*
Scott : *Parce qu'il s'agit de ma sœur.*
Elizabeth : *Et alors ?*
Scott : *Réfléchis un peu !*
Elizabeth : *À quoi ?*
Scott : *Mister Tongue !*
Elizabeth : *Oh !* (Je me mets à rire lorsque je saisis l'allusion.) *Oups !*
Scott : *Oui ! Beurk ! Je n'ai pas envie de penser à ma petite sœur comme ça.*
Elizabeth : *Tu es drôle.*
Scott : *Tu es sexy.*
Elizabeth : *Pas trop, non.*
Scott : *Si, trop !*

Un sourire radieux se dessine sur mes lèvres devant ses derniers messages. Scott me trouve sexy. Peut-être cela signifie-t-il qu'il m'apprécie réellement après tout.

Scott : *Tu es là ou je t'ai perdue ?*
Elizabeth : *Je suis là.*

Scott : *Je peux t'appeler ?*

J'attrape mon téléphone pour le devancer.

– Salut toi, dit-il en décrochant.

– Salut, lui réponds-je d'une voix douce.

– Je n'en reviens pas que tu joues ces petits rôles. (Il paraît contrarié.) Enfin, je veux dire…

– Scott ! Tu as vraiment envie qu'on démarre cette conversation là-dessus ?

– Tu préférerais faire l'amour par téléphone ?

– Non.

– Je suis toujours en colère contre toi, me fait-il savoir en soupirant. Cela a été un choc de te voir l'autre jour.

– Pour moi aussi. (Je prends une profonde inspiration.) As-tu perdu ton travail ?

– Non, mais j'ai reçu un blâme… Je m'étais déjà plaint de Helen, donc elle a été virée. Et moi, j'ai reçu un avertissement pour comportement inconvenant sur le lieu de travail.

– Désolée, lui dis-je tout bas. Je n'aurais pas dû faire ça.

– Je suis content que tu l'aies fait, déclare-t-il en riant. C'était torride. Carrément torride. J'y repense la nuit. (Il pousse un soupir.) Mais je n'aime pas la raison pour laquelle tu l'as fait.

– Je ne l'ai pas fait uniquement pour te mettre mal à l'aise. Moi aussi, j'ai aimé cela.

– Je le sais, commente-t-il d'une voix rauque. Tu oublies que je t'ai sentie jouir.

– Scott !, fais-je, embarrassée.

– Quoi ?, demande-t-il d'un ton amusé. Ne me dis pas que ça te gêne !

– Je ne suis pas gênée, mens-je.

– Tant mieux. Tu ne devrais pas l'être. Tu devrais être fière. De ta rébellion sexuelle j'entends, pas de ton manque de confiance en moi.

– Je sais, et je le suis, dis-je en riant. Plus ou moins.

– Alors, peut-être devrions-nous nous revoir ? As-tu envie que nous sortions ensemble un soir ?

– Oui, j'aimerais bien, lui réponds-je à voix basse.

Mon cœur s'emballe, mais un sentiment de peur m'envahit soudain. Une peur que je connais trop bien. Une peur qui m'a empêchée dans le passé de sortir avec des hommes.

– Es-tu au courant que Xander a fait sa demande à Liv ?, m'informe nonchalamment Scott. C'est surprenant, non ?

– Non, je n'étais pas au courant. (Je ris.) Je ne les connais pas vraiment.

– Pardon. J'oublie toujours qu'on se connaît depuis peu. J'ai le sentiment de te connaître depuis toujours.

– J'ai la même impression. (Je ferme les yeux pour imaginer son visage.) Enfin bref, pourquoi es-tu surpris que Xander ait demandé Liv en mariage ? Tu m'as dit qu'il l'aimait pourtant ?

– Oui, mais c'est si rapide. (Il baisse légèrement le ton.) Ils se connaissent à peine. J'aime ma sœur, tu sais, mais je pense qu'ils devraient se fréquenter un peu plus longtemps. À mon avis, cela ne sert à rien de se précipiter.

– Oh. (Je retiens un soupir.) Pour toi, combien de temps un couple devrait attendre avant de se fiancer ?

– Cinq ans, répond-il sérieusement, et mon cœur s'arrête.

Cinq ans ?

– Et toi ?, ajoute-t-il doucement.

Comment en sommes-nous déjà arrivés à une conversation aussi sérieuse ? Nous venons tout juste de nous reparler.

– Je ne sais pas… Entre six mois et un an peut-être.

– Six mois ? (Sa voix trahit son incrédulité.) Vraiment ?

– Je crois que, quand on a trouvé le grand amour, on le sait. Les âmes sœurs devraient vivre ensemble le plus possible. Je ne vois rien de mal à se fiancer et à se marier rapidement.

– Oh, fait Scott.

Je me demande à quoi il pense. Est-ce qu'il regrette à présent de m'avoir téléphoné ? Considère-t-il que nous ne sommes peut-être pas faits l'un pour l'autre ? Cette idée m'attriste, mais je dois être réaliste. Si ça se trouve, notre seule compatibilité est d'ordre sexuel… Peut-être que ce qui s'est passé avec Helen a été un mal pour un bien. Peut-être cela nous a-t-il épargné davantage de souffrances.

– Eliza, m'interpelle Lacey en frappant à ma porte, et je bougonne.

– Un instant, Scott ; mon amie Lacey toque à ma porte.

– Lacey, ta meilleure amie qui habite chez ses parents ?

– Oui, mais elle vit chez moi en ce moment.

– Depuis quand ?

– Quelques semaines.

– Cela fait beaucoup de changements en quelques semaines, fait-il doucement remarquer, et j'acquiesce d'un signe de tête.

– Oui. Tu attends un instant ?

– D'accord.

Je me lève d'un bond de mon lit et me précipite à ma porte.

– Qu'est-ce que tu veux ?, dis-je rapidement à Lacey. Je suis au téléphone, comme tu me l'avais demandé.

– Tu as reçu des fleurs, m'annonce-t-elle, un bouquet dans les mains. On vient de les livrer.

– De Scott ?

Mon cœur cogne dans ma poitrine. Peut-être que cela va fonctionner entre nous après tout.

– Non. Pas de Scott.

– Hein ? (Je la fixe et sens mon visage pâlir.) S'il te plaît, ne me dis pas que ces roses rouges sont d'Aiden.

Mon cœur se serre. Si c'est Aiden qui me les offre, je vais hurler.

– Non, pas d'Aiden. (Elle se pince les lèvres.) Regarde la carte.

– Qui d'autre m'enverrait des fleurs ? (Je prends l'enveloppe et l'ouvre.) « Ce que nous appelons une rose embaumerait autant sous un autre nom. » (Je fais la moue.) Un amoureux de Shakespeare…

– Lis la suite, me presse Lacey.

– « Mais une Elizabeth qui n'aurait Jeffries pour nom ne peut séduire mon cœur. » (Je lève les yeux au ciel, puis poursuis ma lecture.) « Tu me manques, Shane. » (Je suis bouche bée.) Putain ! Shane ?

Je regarde Lacey, abasourdie. Pourquoi Shane m'envoie-t-il des fleurs ? Il ne fait plus partie de ma vie depuis deux ans. Je m'étais enfin remise de son infidélité et de mon chagrin.

– À quoi tu penses ?, me demande doucement Lacey, qui me dévisage.

– J'aimerais comprendre pourquoi il me contacte. Quel gros con ! (Je fixe la carte et les roses.) Pourquoi maintenant ?

– Je parie qu'il regrette. Je suis certaine qu'il veut te récupérer.

– Impossible. C'est hors de question, j'affirme pleine d'assurance, mais quelque chose dans mon cœur n'en est pas aussi sûr, pas maintenant que je commence à douter de l'alchimie entre Scott et moi. Je suis au téléphone avec Scott, il faut que j'y retourne.

– D'accord. Je suis dans le salon si tu veux discuter.

– Ok, lui fais-je avec un hochement de tête. J'arrive dans un instant.

Je retourne vers mon lit où je reprends mon portable.

– Hé, excuse-moi, dis-je à Scott, en essayant d'être joviale.

– Ce n'est pas grave. Que s'est-il passé ?, s'enquiert-il d'un ton léger.

– On vient de me livrer des fleurs, lui réponds-je, sans trop savoir pourquoi je lui en parle.

– Oh ?

Sa voix a changé.

– Oui, de mon ex, Shane.

– Celui qui t'a trompée et brisé le cœur ?

– Oui, je marmonne. Celui-là même.

– Je croyais que vous ne vous parliez plus.

– C'est le cas.

Les idées dans mon esprit se bousculent. Pourquoi Shane m'a-t-il envoyé ces fleurs ?

– Et il a décidé de t'offrir un bouquet ce soir ? Comme ça, soudainement ?

La voix de Scott est tendue.

– Oui.

Je ne sais pas quoi dire. Je ne sais pas comment lui expliquer que mon histoire avec Shane remonte à des années. Que les choses ont toujours été mouvementées entre nous, mais que je croyais qu'il serait toujours là pour moi. Je ne sais pas comment lui dire que bien que je déteste Shane, savoir ce qui aurait pu se passer entre nous m'intrigue encore aujourd'hui. Je ne lui avoue pas que Shane et moi avions rompu plusieurs fois pour nous remettre ensemble. Que je savais à quoi m'attendre avec lui. Que je crains de m'engager dans de nouvelles relations par peur de souffrir.

– Tu es une femme pleine de mystères, Elizabeth, énonce-t-il simplement.

– Pas vraiment. On lit en moi comme dans un livre ouvert.

– Est-ce que tu l'aimes encore ?

– Qui ?, dis-je, cherchant à gagner du temps.

– Tu sais très bien qui.

– Je ne sais pas, lui réponds-je franchement, et le silence s'abat.

Comment lui dire que Shane avait été le premier homme à qui j'avais offert mon cœur ? Que j'avais cru que nous finirions nos jours ensemble ? Comment lui parler des nuits que nous avions passées à discuter de notre rêve de partir vivre à Los Angeles et de devenir des stars de cinéma ? Comment lui avouer que, grâce à Shane, je m'étais sentie aimée et désirable, alors que je me considérais ni digne d'amour ni belle ? Et comment raconter à Scott que, quand Shane m'avait trompée, il avait brisé mon cœur et mon âme, et m'avait fait perdre toute confiance en moi ? Comment lui dire qu'une partie de moi regrette encore vivement les prémices enchantées de ma relation avec Shane, car tout était alors si parfait ? Je me sentais tellement bien, en sécurité. Comment admettre à Scott qu'il me terrifie et que je redoute d'offrir à nouveau mon cœur ? Comment lui annoncer tout cela sans compromettre le nouveau départ que nous nous accordons en cet instant même ? Comment le lui dire sans qu'il considère que j'ai un besoin constant d'affection et beaucoup trop de problèmes ? Je suis consciente d'avoir des problèmes émotionnels. Je suis consciente d'être beaucoup plus difficile à vivre que la plupart des filles. Mais je ne pense pas que ce soit le moment de lui faire toutes ces confidences. Pas après ce que nous avons vécu.

– Je vois. (La voix de Scott est sèche.) Donc j'imagine que mes SMS et mon coup de fil ne servaient à rien ?

– Non, j'avais aussi l'intention de t'appeler. (Je me pince les lèvres.) Tu m'as manqué, Scott.

– Moi ou le sexe ?, demande-t-il brutalement. Ou quelqu'un à qui parler pendant que tu te languissais de Shane ?

– Tu m'as manqué, Scott, je répète, blessée par son ton et sa remarque. Je ne me languis pas de Shane.

– Mais tu ne sais pas si tu l'aimes encore ?

– Je ne l'aime plus. (Je laisse échapper un soupir.) Tu ne comprends pas.

– Alors explique-moi.

Scott est contrarié.

– C'est quoi ton problème ? On ne sort pas ensemble. Cela fait un mois que tu ne m'as même pas adressé la parole.

– Parce que tu m'as menti et tu t'es fichue de moi. Et quand je reviens vers toi, pour te demander de sortir avec moi, voilà que tu m'annonces qu'un autre type t'intéresse.

– Je n'ai jamais dit cela. Ne me fais pas dire ce que je n'ai pas dit.

Je ne comprends pas ce qui se passe. Pourquoi cela a-t-il pris une mauvaise tournure aussi rapidement ?

– Je dois te laisser, Elizabeth, tranche brusquement Scott. Appelle-moi quand tu auras fait le ménage dans ta tête.

– Attends, quoi ?, je m'exclame, mais il a déjà raccroché.

Je laisse tomber mon téléphone sur le lit et retourne dans le salon. Je fixe Lacey. Elle me considère, les yeux écarquillés.

– Qu'est-ce qu'il y a ? (Elle met la télévision sur pause et se renfrogne.) Tu as l'air sonné.

– Je ne sais pas. (Je reste plantée là, l'esprit aussi vide qu'un tableau noir un jour de rentrée.) Je ne comprends rien de ce qui se passe, Lacey. Je suis dans le flou le plus total…

15.

– Tu as l'air paumée, Eliza, me fait remarquer Lacey. Shane t'a embrouillé les idées ?

– Non, c'est Scott, je soupire.

– Juste Scott ?

– Je ne sais pas. (Je me dirige vers le canapé et m'assois à côté d'elle.) Pourquoi moi ? Pourquoi fallait-il que Shane m'envoie ces fleurs ce soir ?

– Tu sais comment il est. Dès qu'il pense t'avoir perdu pour de bon, il essaie de te récupérer.

– C'était tout simplement le pire moment possible. Scott et moi discutions du temps pendant lequel un couple devrait se fréquenter avant de se fiancer et... Nous n'étions pas d'accord, et je crois que cela m'a légèrement contrariée. Du coup, j'ai réagi de manière un peu stupide quand j'ai reçu les roses.

– Comment cela ?, me demande Lacey, perplexe. Pourquoi dis-tu que tu as réagi de manière stupide ?

– J'ai peut-être laissé Scott croire que j'avais toujours des sentiments pour Shane.

– Eliza ! Pourquoi tu as fait cela ?

– J'étais perdue… Je me suis rappelé les débuts avec Shane. Quand nous discutions de nos rêves, nous allongions sur la plage et faisions l'amour.

– Eliza.

Lacey frissonne.

– Quoi ? (Je secoue la tête et pousse un énorme soupir.) Au début, c'était génial avec Shane, tu le sais. Je croyais que nous allions nous marier. Nous en avions parlé.

– Oui, parce que vous étiez tous les deux à l'université. (Lacey paraît contrariée.) Et puis, il disait tout ce qu'il pouvait pour t'enlever ta culotte.

– Non, je ne crois pas. Je pense qu'au début il m'aimait réellement. Il avait les mêmes envies que moi.

– Elizabeth ! (Elle hausse le ton.) Shane était un crétin. Un coureur de jupons. Il t'a trompée.

Il ne mérite pas de seconde chance. Et tu sais quoi ? Tu es une idiote si tu penses sérieusement qu'il y a une comparaison possible entre Scott et Shane.

– Tu ne connais même pas Scott, je proteste, vexée.

– Je sais qu'il fait des efforts. Je sais qu'il t'a rendue heureuse. Qu'il est drôle. Intelligent. Il s'en sort bien dans la vie. Avec lui, tu ne te sentais pas moche et bonne à rien.

Sa voix se noue, et nous nous regardons dans les yeux en silence.

– Pourquoi t'es venue me prévenir pour les fleurs ? Pourquoi t'as interrompu mon coup de fil ?

– J'ai cru que cela te motiverait à aller vers Scott. Je te connais, Eliza. Je sais que tu prends la tangente dès que tu penses que tu vas souffrir.

– Ouais, je suppose que tu as raison. (Je me mords la lèvre inférieure.) Je crois que Scott ne voudra plus entendre parler de moi maintenant.

Je commence à regretter mon attitude stupide lors de cette conversation. Pourquoi ai-je laissé mes vieux sentiments envers Shane me retourner le cerveau ?

– Dans ce cas, j'imagine que c'est une chance que tu travailles encore pour Aiden… Au moins, tu verras Scott au foot.

– Ouais, c'est vrai, admets-je, en reprenant espoir.

– Ou tu peux prendre le taureau par les cornes et aller chez lui pour lui présenter tes excuses de t'être comportée comme une idiote au téléphone.

– Hein ? Quoi ?

Je regarde Lacey d'un air déboussolé.

– Peut-être qu'il faut que tu prennes les devants, Eliza. Peut-être qu'il est temps que tu te fasses violence.

– Je sais, mais ça fout la trouille.

– La vie fout la trouille, commente Lacey en haussant les épaules. Mais il ne faut pas pour autant ne pas la vivre. Saisis-la à bras-le-corps et vis-la à fond ! Certes, tu te feras un peu ballotter, tu connaîtras même des coups durs parfois, mais tu finiras par t'en remettre. Tu le sais ça maintenant.

– C'est vrai, j'acquiesce d'un hochement de tête. Je ne souffre plus quand je pense à Shane.

– Et franchement, Eliza, as-tu vraiment envie de te remettre avec lui ?

– Non, réponds-je sans hésiter.

– Parce que ?

– Parce que Scott me plaît. (Je soupire.) Et j'ai envie de voir ce que cela peut donner avec lui, même si je tombe amoureuse de lui et qu'il ne veut jamais m'épouser.

– Alors, qu'est-ce que tu attends ?

– Tu penses vraiment que je devrais aller le voir ce soir ?

– Oui, je le pense vraiment.

– D'accord. (Je marque une pause.) Mais si j'y vais, tu devras toi aussi faire quelque chose.

– Quoi ?

– Tu devras m'accompagner au match de foot la semaine prochaine. Il y a des mecs mignons. Tu devras essayer de discuter avec certains d'entre eux.

– Certains d'entre eux ?, répète Lacey en haussant les sourcils. Juste un, ça ne suffit pas ?

– Non. Pas un, plusieurs !

Je lui souris, mais mon estomac bondit alors que mon corps songe déjà à ma visite chez Scott.

– Ok, ça marche.

– Parfait. (Je me lève et quitte hâtivement le salon.) Je prends une douche, et ensuite je file chez Scott.

– Super. Je ne t'attends pas de retour avant demain !

– Oh, mince. (Je m'arrête et me retourne vers elle.) Je suis censée passer la soirée à envoyer des SMS à Aiden.

– Quoi ?, s'exclame Lacey, confuse, puis son visage change. Oh non, Elizabeth, ne me dis pas que tu craques pour Aiden ?

– Mais non ! Pour ma mission, je suis censée flirter avec lui par texto et l'inviter à venir manger chez moi. J'avais pensé à des lasagnes ou un steak… Enfin, j'ai déjà parlé de lasagnes la semaine dernière, donc peut-être autre chose ?

– Hein ?

– Aiden doit laisser traîner son téléphone dans une pièce où se trouve Alice. (Je glousse.) D'après lui, elle pourrait jouer les curieuses et fouiller dans son portable. En fait, il pense qu'elle l'a déjà fait la semaine dernière.

– Hmm… Ce mensonge semble prendre de l'ampleur, non ?

– Oui, mais j'imagine qu'Alice n'est pas beaucoup mieux qu'Aiden. Un jour, elle a demandé à deux stripteaseurs de venir chez les Taylor et de faire semblant d'être leurs rencards à Liv et à elle.

Tu sais, Liv, la sœur de Scott, celle qui sort avec Xander ?

– Quoi ? (Lacey éclate de rire.) Tu déconnes ?

– Non, je ricane en secouant la tête. C'est dingue, non ? Mais je comprends pourquoi Aiden veut s'assurer qu'Alice est bien prête pour une relation sérieuse.

– Ouah, il doit vraiment l'aimer. (Les yeux de Lacey brillent.) Il a réfléchi à tout dans les moindres détails.

– Oui, je pense qu'il doit se faire un peu aider par Xander. (Je ris.) Et Liv n'est même pas au courant.

– Oh oh, il cache des choses à sa fiancée ?

– Je sais.

– J'espère que cela ne leur retombera pas dessus.

– Oui, moi aussi. (Je soupire.) Je vais peut-être envoyer quelques textos à Aiden avant de partir.

– Ou pourquoi tu ne rappellerais pas Scott maintenant et tu irais chez lui plus tard ?

– Bonne idée. Je vais lui téléphoner et j'écrirai à Aiden en même temps.

– Quelle vie, Elizabeth Jeffries !

– Ne m'en parle pas ! Ce n'est pas tout à fait la vie que j'espérais…

– Est-ce que tu vas appeler le numéro sur la carte ?

– La carte de Shane ?

– Ouais. (Lacey me considère d'un air pensif.) Je sais que tu es passée à autre chose, mais je sais aussi l'emprise qu'il avait sur toi.

– Parfois, je me rappelle cette époque et je me demande pourquoi cela n'a pas fonctionné. (Je m'adosse au mur.) Il était tout pour moi, tu sais. Et même s'il m'a blessée, ce n'est pas le souvenir que je garde de lui. Je me souviens au contraire de toutes les fois où il m'a emmenée chez mon père pour que je lui rende visite. Et de toutes les fois où il m'a raccompagnée chez moi sans me juger parce que je n'avais pas eu le courage de frapper à la porte ni de me retrouver face à mon père.

– Il était là pour toi, reconnaît Lacey.

– J'ai pleuré tant de fois sur son épaule, et il me prenait tout simplement dans ses bras. (Je sens les émotions m'envahir.) Je ne comprends vraiment pas pourquoi il a fallu qu'il me trompe. Je croyais qu'il serait toujours là pour moi. Je croyais que nous passerions toute notre vie ensemble.

– Tu l'aimais. (Lacey se lève et s'approche de moi.) Et lui aussi t'aimait, mais il t'a blessée, Eliza. Et plus d'une fois.

– Je sais. (Je soupire et regarde Lacey dans les yeux.) Je me suis promis à moi-même de ne jamais retourner vers lui. De ne pas le laisser me briser à nouveau le cœur. De ne pas le laisser me refaire pleurer.

– Alors, ne le contacte pas.

– Je n'en ai pas envie. (Je souris timidement.) Je veux apprendre à mieux connaître Scott. Je veux être forte et ignorer Shane. Je sais qu'il ne peut rien m'apporter de bon. Je sais aussi que j'apprécie sincèrement Scott ; il fait naître quelque chose de nouveau en moi. Comme une facette de ma personnalité dont je ne soupçonnais même pas l'existence. Je ne sais pas exactement pourquoi j'éprouve cela. Je le connais à peine. Mais c'est plus qu'une histoire de sexe. Il y a quelque chose chez lui qui me donne simplement envie d'être drôle et sexy.

– C'est ta véritable personnalité qui essaie de s'exprimer, de se libérer.

– Mais c'est une perspective effrayante. (Je me triture les doigts.) Ce que je veux dire, c'est qu'avec Scott je risque de souffrir encore plus.

– Parce qu'il *risque* de te rendre beaucoup plus heureuse.

– Je ne sais pas quoi faire, maugréé-je tout en tapant légèrement ma tête contre le mur. Pourquoi est-ce que je ressens cela ? Pourquoi suis-je autant indécise ? C'est quelque chose que je déteste chez moi.

– Tu ne peux pas modifier ta personnalité, Eliza. Tu dois composer avec.

– Tu veux dire que c'est impossible que je me réveille un beau matin et que tous ces doutes aient disparu ?, dis-je en plaisantant, et Lacey rit.

– Malheureusement oui. Tout comme je ne me réveillerai jamais avec un mec canon dans mon lit, en découvrant que mon livre est terminé.

– Eh bien, nous pouvons toutes les deux travailler là-dessus. (Je m'avance pour prendre Lacey dans mes bras.) Je vais tout faire pour qu'on te trouve un mec bien, Lacey. Tu le mérites pour avoir le courage de me supporter.

– Bien sûr que je le mérite !, ricane-t-elle. Maintenant, va envoyer tes textos et laisse-moi écrire. Mon héros n'est pas près de faire des courses automobiles si je ne le mets pas sur la piste.

– Des courses automobiles ? Il est toujours question du *Charmeur charmé* ?

– Oui, me répond Lacey avec un clin d'œil. Il participe à une course et, ensuite, ils font l'amour dans la voiture.

– L'amour dans la voiture ? (Je glousse.) Oh, Lacey.

– Pas de « Oh, Lacey » avec moi. Ça va être torride. (Elle retourne vers le canapé.) Torride, ma cocotte !, s'exclame-t-elle, ce qui me fait rire.

Je regagne ma chambre et fixe les roses rouges sur mon lit en soupirant. J'attrape mon téléphone et appelle Scott. J'écoute la tonalité. Je tombe sur la messagerie et raccroche. Je m'assois sur le lit et attends de voir si Scott me rappelle, mais, à la place, je reçois un texto cinq minutes plus tard.

Scott : *Salut, je n'ai plus envie de parler ce soir. Bonne nuit.*

Les yeux rivés sur son message, je pousse un soupir. Je sais en mon for intérieur que Scott m'en veut. Mais que puis-je faire ? Je laisse tomber mon téléphone sur le lit et regarde à nouveau les roses. Je remarque alors une rose blanche et une rose jaune parmi les rouges. Je fronce les sourcils en les saisissant et recherche la symbolique de ces fleurs sur mon portable. Je découvre que la rose blanche symbolise les nouveaux départs et la rose jaune l'amitié. Et, bien entendu, les roses rouges figurent l'amour. Je sais que Shane m'adresse un message à travers ce bouquet. Un message que je devrais ignorer, mais je sens mes défenses s'écrouler. Serait-ce mal de lui téléphoner ? Ce n'est pas comme si je trompais Scott en contactant Shane. Scott et moi ne nous devons rien. Peut-être est-ce de ma faute, mais je me sens blessée qu'il me repousse. Je m'allonge et ferme les yeux, attendant un signe du ciel pour savoir si je dois ou non appeler Shane. Une image de Scott me vient à l'esprit, et un sourire se dessine sur mes lèvres. Je me revois sur son bureau, lui entre mes cuisses. Cela avait été torride et sexy, et je mouille rien que d'y penser. Je rouvre les yeux, regarde les roses et éclate de rire. Shane n'arrive pas à la cheville de Scott, pas même un tout petit peu. Certes, Shane et moi avons vécu une histoire. Certes, je regrette parfois que nous ne soyons plus ensemble. Cela me manque quelqu'un comme lui qui me comprenne et me connaisse par cœur, mais je sais aussi que je ne peux pas rester coincée dans le passé. C'est mon plus grand problème. Je le sais et je veux en venir à bout.

16.

– Ce match de foot va m'achever, déclare Lacey qui semble grogner alors qu'elle s'approche de moi en courant. Je peux à peine respirer.

– Cela ne va pas te tuer, dis-je en riant, avant de baisser la voix. Tu as repéré des mecs qui te plaisent ?

– Je ne fais même pas gaffe aux mecs, s'exclame-t-elle et elle se penche en avant quelques secondes. Même si, maintenant que j'ai vu Scott, je comprends pourquoi il te met dans tous tes états !

– Me *mettait* dans tous mes états, je la reprends avec un petit soupir. Il ne m'a pas appelée, ni envoyé de message depuis notre conversation de la semaine dernière.

– Tu lui as quand même dit que tu ne savais pas si tu aimais encore ton ex.

– Ce n'est pas ce que je voulais dire… Mais simplement qu'il se pouvait que j'aie toujours des sentiments. Et j'ai eu un moment d'hésitation à cause de ce qu'il m'a dit sur les fiançailles. Ses paroles m'ont troublée.

– Mais, ça, il ne le sait pas, Eliza. Il ne peut pas lire dans tes pensées.

– Je sais…

– Allez les filles, nous apostrophe Xander, qui passe en courant. Courez vers le ballon ! Dépêchez-vous !

– Ne vous préoccupez pas de lui, nous conseille Liv en levant les yeux au ciel alors qu'elle le rattrape. Il adore la compétition.

– Désolées, on fait de notre mieux, dis-je à Liv en lui adressant un grand sourire.

Je l'apprécie sincèrement. Elle est sympa et drôle, et je crois que nous aurions très bien pu nous entendre si nous en avions eu l'occasion.

– Nous faisons tous du mieux que nous pouvons, me répond Liv, qui s'arrête près de Lacey et moi, et nous sourit. Je vais faire une pause avec vous les filles. Je ne sais pas si c'est parce que je ne suis pas en forme ou quoi, mais tous ces allers-retours m'épuisent.

– À qui le dis-tu ! Moi aussi, s'écrie Lacey, et elles ricanent.

– Ne lâche rien, Alice !, hurle Liv.

J'observe Alice remonter le terrain à toute allure, suivie de Scott, puis de Henry, le frère cadet de Xander.

J'aperçois aussi Aiden courir à toute vitesse, et j'ai le souffle coupé en les voyant tous cavaler derrière Alice.

– Ouah, elle est rapide, dis-je, impressionnée.

– Je ne l'ai jamais vue courir aussi vite, raille Liv avant de crier à nouveau. Tu y es presque, Alice !

Nous la regardons s'approcher de la zone d'en-but, et je me demande si Scott parviendra à la rattraper.

– *Touchdown !*, s'écrie Alice, en jetant le ballon au sol.

– Elle a réussi !, clame Liv. Elle a réussi !

– Ouais, fais-je à voix basse, ravie pour Alice, mais jalouse de voir Scott se jeter à terre à côté d'elle.

Je tourne la tête vers Lacey pour lui faire une grimace, mais elle ne me prête pas attention. Elle semble observer quelqu'un sur le terrain.

– Lacey ?, je l'interpelle doucement tandis que Liv s'éloigne en courant.

– Euh, oui ?

Elle se tourne vers moi, toute rouge.

– Que se passe-t-il ?

– Rien…, marmonne-t-elle en haussant les épaules. Pourquoi ?

– Qui tu matais ?

Je regarde dans la même direction qu'elle. Je suis stupéfaite lorsque j'aperçois Henry se diriger vers nous. Henry plairait à Lacey ?

– Salut les filles, comment ça va ?, nous lance-t-il avec un sourire désinvolte.

– Nous sommes des femmes, pas des filles, proteste Lacey, que je dévisage avec étonnement.

Depuis quand être traitée de fille la dérange ? Qu'est-ce qui lui prend ?

– Hé bien, bonjour mesdames, comment allez-vous ?, se reprend Henry.

Ses yeux verts rivés sur Lacey pétillent.

– Bien, et toi ?, demande-t-elle nonchalamment sans le regarder dans les yeux.

– Bien, répond-il avec un hochement de tête, puis il se tourne vers moi. Alors, c'est toi Elizabeth ?

– Oui, j'acquiesce. Je suis venue avec Aiden.

– Tu es la fille qu'il a engagée pour rendre Alice jalouse ?

– Comment tu le sais ?

– Je suis le frère de Xander ; il lui donne des conseils. Je n'en reviens pas que des mecs puissent être aussi immatures que les femmes.

– Pourquoi ? Parce que les femmes sont immatures et pas les hommes ?, s'offusque Lacey en le défiant du regard.

J'ai envie de l'attraper par les épaules et de lui suggérer de se calmer. Je ne sais pas pourquoi elle est si nerveuse, mais ce n'est sans doute pas la bonne méthode pour séduire un homme.

– Peut-être. (Il adresse un grand sourire à Lacey, puis il se penche pour lui donner une petite tape avec le doigt sur la joue – j'en suis bouche bée.) Je connais la réponse, mais à toi de la découvrir, ajoute-t-il, et je remarque ses lèvres se retrousser de manière un peu charmeuse, puis il se recule. Je vous retrouve plus tard, mesdames, lance-t-il et, avant que l'une de nous deux n'ait le temps de réagir, il s'éloigne déjà au pas de course.

– Oh là là, c'était quoi ça ?, fais-je à Lacey d'un air abasourdi.

– Je n'en ai aucune idée, me répond-elle, en me fixant de ses yeux marron stupéfaits, le visage cramoisi. (Elle se palpe la joue à l'endroit précis où Henry a posé son doigt.) J'hallucine, il m'a touchée.

– Il est mignon, non ?, je l'interroge avec un petit sourire.

Je n'ai jamais vu Lacey dans cet état.

– Ouais, il est pas mal, commente-t-elle nonchalamment, sans lâcher Henry des yeux.

– Tu pourrais peut-être aller lui parler tout à l'heure, je lui suggère d'un ton léger.

– Pourquoi ?

Elle me regarde ; elle paraît toujours aussi interloquée.

– Pour rien. (Je ris.) Pour rien du tout !

– Où vas-tu ?

– Il est temps que je me mette au boulot, lui réponds-je, tout en lui montrant mes poignets.

– C'est quoi ces marques ?, s'étonne-t-elle en fronçant les sourcils.

– Des marques de menottes ! (Je ricane.) J'en ai porté toute la matinée. Aiden m'a demandé de les agiter un peu sous le nez d'Alice.

– Quoi ?, s'exclame Lacey d'un air exaspéré. J'ai l'impression qu'il est pire qu'elle.

– Il en fait un peu trop, je lui concède d'un ton amusé. Mais tu sais comment c'est, en amour comme à la guerre. Tout n'est qu'un jeu.

– J'espère que cela va bien se terminer pour eux.

– Moi aussi, dis-je avant de me mettre à courir. Souhaite-moi bonne chance !

Je pars retrouver Alice, Aiden et Scott. Mon cœur bat à tout rompre, mais pas à cause d'Alice et d'Aiden. Je suis excitée de voir Scott. Je dois m'efforcer d'être enjouée et de sourire. Je veux qu'il comprenne que tout n'est pas que drame avec moi.

– Ça va, Alice ?

Je fronce les sourcils en m'approchant de la chérie d'Aiden. Elle est au sol, le visage tordu de douleur.

– Oui, merci, me répond-elle en hochant la tête, avec un petit rictus.

– Tant mieux. (Je lui adresse un grand sourire.) Excellent but, au fait. Meilleur coup de la journée ! Bravo, tu as donné une sacrée leçon aux mecs.

– J'ai essayé en tout cas.

Elle me sourit, et, durant quelques secondes, nous sommes comme deux amies qui partagent un bon moment.

Je suis vraiment contente qu'Aiden ait jeté son dévolu sur une femme qui, en plus d'être belle, est pétillante et drôle. Les hommes ne font pas toujours de mauvais choix, c'est rassurant.

– Hé, et mon but ?, se récrie Scott, qui se précipite à côté de moi, et mon cœur se fige le temps d'une seconde devant son visage souriant. Je pense que ma prise était assez impressionnante.

– Impressionnante pour qui ?, je le taquine en secouant la tête.

Je sens l'électricité monter entre nous.

– Tout le monde sur le terrain.

Il rit et regarde autour de lui. Sa main frôle légèrement la mienne, et je le fixe dans les yeux – *si seulement il pouvait venir en moi.*

– Hmm, si tu le dis.

Je rejette mes cheveux en arrière, et son regard descend sur ma poitrine.

– Je confirme ! (Il s'approche un peu plus, et je sens légèrement son torse contre moi.) Tu ne m'as pas vu ?, me demande-t-il d'une voix rauque.

– Je t'ai vu, et j'ai aussi vu Alice. (Je suffoque.) Et c'est clairement elle qui a signé l'action du match.

Scott me sourit et passe rapidement sa langue sur ses lèvres. Sa main est sur ma hanche, et j'ai le souffle coupé en me demandant ce qu'il va faire ensuite.

– Hmm, finit-il par dire. Ok, je le reconnais pour cette fois.

– Ouah, c'est magnifique de ta part !

Je ris et lisse mon haut. Je remarque qu'Alice nous observe et je me rappelle que je n'ai pas encore exhibé mes poignets.

– Tu es prête, Alice ?, lui demande Aiden, qui s'approche de nous.

J'agite rapidement mes poignets devant le visage d'Alice. Elle comme Scott considèrent les rougeurs avec curiosité. Je recule, me sentant coupable lorsque je vois Aiden l'aider à se relever. Puis, je me tourne à nouveau vers Scott, qui affiche une expression amusée.

– Tu as ressorti tes menottes, Elizabeth ?

Il m'adresse un grand sourire.

– Ce n'est pas du tout ce que tu crois, dis-je, gênée.

– Ah bon ? Et qu'est-ce que je crois ?

– Je n'ai rien fait avec Shane ou..., je bredouille, et Scott se rembrunit.

– Je ne pensais pas à Shane. Tu le revois ?

– Non. Je ne lui ai pas parlé depuis cette histoire de fleurs.

Je ne lui avoue pas que Shane m'a téléphoné et qu'il a aussi sollicité ma mère pour qu'elle m'appelle de sa part. Ni que j'ai accepté de lui téléphoner un peu plus tard dans la semaine, uniquement pour prendre de ses nouvelles. J'estime que Scott n'est pas la bonne personne à qui parler de Shane, point final.

– Oh ?, fait-il en inclinant la tête et il étudie mon visage.

– Oui.

– Intéressant.

– Ouais.

Je me sens mal à l'aise, ne connaissant pas le fond de la pensée de Scott.

– On ne va faire que des phrases d'un mot ?, ironise-t-il avec un grand sourire.

– Possible, lui réponds-je en riant.

J'observe son visage enfantin changer d'expression : d'un air léger et amusé, il passe à un air plus sombre et empreint de désir.

– Tu fais quoi ce soir ?, me demande-t-il en se penchant vers moi.

– Pourquoi ?

– On pourrait peut-être rejouer avec ces menottes ?

– Je ne t'ai pas vu ni eu de tes nouvelles depuis la semaine dernière. Et maintenant, tu veux qu'on s'amuse avec des menottes ?

– Tu n'en as pas envie ? (Il attrape mes poignets et examine les rougeurs.) Je peux t'attacher à mon lit et te faire des choses très, très osées.

– Je n'ai pas besoin de cela. (Ma gorge se noue lorsqu'il se colle contre moi pour me faire sentir son érection.) Scott, dis-je, les yeux écarquillés.

– Quoi ?

Il se penche et souffle dans mon oreille.

– Scott, nous sommes toujours sur le terrain.

– Et alors ?

La pointe de sa langue glisse dans mon oreille, et ses dents mordillent mon lobe.

– Tu fais quoi, là ?

Je recule d'un bond, la poitrine haletante.

– Tu n'as pas envie de moi ?

– Ce n'est qu'une histoire de cul pour toi ?, je l'interroge, déboussolée.

– Je ne cherche pas à me faire de nouveaux amis, si c'est ça ta question, me répond-il avec un froncement de sourcils. Nous avons fait les choses à ta manière, et c'était pourri. Et pas plus tard que la semaine dernière, tu m'as dit que tu avais peut-être toujours envie de coucher avec ton ex, donc j'imagine que tu ne recherches rien de sérieux.

– Crétin, je suffoque en faisant un pas en arrière.

– N'empêche que je m'en sortirais bien avec une paire de menottes, me lance-t-il avec un clin d'œil et il observe de nouveau mes poignets. Sauf que, moi, je ne laisserais pas de marques.

– Rien à foutre.

Mon visage s'embrase lorsque je lui tourne le dos. Il me rattrape par le bras et me ramène vers lui.

– Nous n'en avons pas terminé, Elizabeth, déclare-t-il doucement. Loin de là. La dernière fois où nous avons couché ensemble, tu m'as baisé en te lâchant à fond. Crois-moi quand je te dis que ce ne sera pas la dernière. (Il relâche mon bras et me claque fortement les fesses.) Sauve-toi maintenant. Tu peux y aller, dit-il d'un ton dédaigneux, et je m'éloigne de lui, furieuse.

C'est un vrai abruti, et pourtant je suis excitée. Tout émoustillée, je me précipite vers Lacey, que je saisis par le bras.

– Partons d'ici et allons boire un verre. Scott me tape sur le système !

– Ça change de ton cul !, raille Lacey, mais elle s'arrête de rire dès qu'elle aperçoit mon expression.

Je fulmine. Je n'en reviens pas de la grossièreté de Scott, d'autant plus qu'il s'était montré tellement sympa et content au début de notre échange. Je ne le comprends pas du tout. Il est presque aussi versatile que moi.

17.

– Je me sens si triste, Lacey, dis-je en m'habillant. Je sais que je ne devrais pas. Je devrais me réjouir pour Alice et Aiden. Ils méritent d'être ensemble et d'être heureux, mais je suis triste de ne plus faire partie de leur vie.

– Oui, me répond Lacey, qui semble également déçue. Mais ils vont peut-être rester amis avec toi.

– Alors qu'Alice sait que j'étais une actrice engagée par son petit ami ?, fais-je remarquer avec une grimace. J'en doute.

– On ne sait jamais. (Lacey s'assoit sur mon lit.) Franchement, je suis étonnée que tout se soit bien terminé pour Aiden et Alice. J'étais à peu près certaine qu'elle piquerait une crise et le quitterait.

– Elle n'est pas comme moi, dis-je en riant tout en passant un collier en or. Je suis peut-être la seule qui se prend autant la tête pour des mensonges.

– C'est clair, tu en fais trop, me raille-t-elle. Enfin, pas avec les mecs qu'il faut.

– Lacey, dis-je en lui lançant un regard réprobateur.

– Quoi ? (Elle me dévisage, les yeux plissés.) Je ne crois pas que ce soit une bonne idée que tu parles à Shane demain.

– Tu crois que je devrais simplement lui dire non ?

– Oui. Comment peux-tu voir ce que cela peut donner avec Scott si Shane fait encore partie de ta vie ?

– Ce n'est qu'un coup de fil.

– C'est toujours plus qu'un simple coup de fil. Vous avez un passé commun tous les deux, Eliza.

– D'accord. (J'attrape mon téléphone et secoue la tête en sa direction.) Tu es ridicule.

– Tu lui as déjà envoyé un texto ?

– Attends, je soupire, puis j'écris un message à Shane.

Elizabeth : *Salut, c'est Eliza. En fin de compte, je ne pourrai pas te parler demain, désolée.*

Shane me renvoie aussitôt un message.

Shane : *Ce soir alors ?*

Elizabeth : *Non. Désolée.*

Shane : *Après-demain ?*

Elizabeth : *Jamais, Shane. Navrée.*

Shane : *J'ai quelque chose pour toi.*

Elizabeth : *Quoi ?*

Shane : *Quelque chose d'important. Et de très particulier.*

Elizabeth : *Je n'en veux pas.*

Shane : *Je t'en prie, Eliza !*

Elizabeth : *Je suis désolée. Non.*

Shane : *D'accord.*

Je lis les messages à voix haute pour Lacey, qui maugrée et se lève d'un bond du lit.

– C'est quoi son problème ? Pourquoi il ne peut pas simplement te laisser tranquille ?

– Je ne sais pas. (Je me pince les lèvres.) À ton avis, qu'est-ce que je devrais faire ?

– Ignore-le à partir de maintenant. (Lacey s'empare de mon téléphone et lit les messages.) Que peut-il avoir pour toi ?

– Je n'en sais rien du tout.

– Je parie que c'est une putain de bague ! Cet abruti serait capable de te demander en mariage pour te récupérer, maintenant qu'il a compris que tu ne veux pas de lui.

– Ce n'est pas une bague, dis-je sans conviction.

Mais je n'en sais rien à vrai dire, ce pourrait bel et bien être une bague. Je soupire en regardant Lacey.

– Pourquoi est-il revenu dans ma vie ?

– Parce qu'il s'est rendu compte qu'il avait merdé à mort et, maintenant, il veut te récupérer, affirme-t-elle en levant les yeux au ciel. Si jamais un mec me fait ce coup-là, je l'envoie se faire voir.

– Un mec en particulier ?, je la taquine.

– Non, répond-elle vivement, mais son visage s'empourpre.

– Pas de Henry dans ta vie ?

– Eliza, arrête ! C'est un connard arrogant.

– Que tu as envie de te taper.

– Non, pas du tout, rétorque-t-elle, mais elle rit. Si tu le vois ce soir, essaie de prendre une photo de lui et de me l'envoyer.

– Non, mais je ne vais pas faire ça, je proteste en riant. Je suis déjà surprise qu'Aiden et Alice m'aient invitée. C'est leur soirée jeux en famille. Et puis, ils savent tous que je ne fréquentais pas réellement Aiden. C'est vraiment bizarre.

– Et ils ne savent toujours pas que tu es sortie avec Scott ?

– Nous ne sommes pas sortis ensemble à proprement parler, mais non, ils ne sont pas au courant. Redis-moi déjà pourquoi je vais à cette soirée ?

– Pour voir Scott, rit-elle. Et pour obtenir des infos sur Henry.

– Donc tu admets qu'il te plaît ?

– Je n'ai rien dit de tel. J'aimerais seulement avoir quelques infos. (Elle affiche un large sourire.) Du genre s'il est célibataire…

– Tu es certaine de ne pas vouloir venir avec moi ? Je suis sûre que cela ne dérangerait pas Aiden.

– Je ne voudrais pour rien au monde m'incruster à cette soirée, glousse-t-elle. Attendons déjà de voir comment les choses se passent pour toi.

– Merci Lacey, je soupire en jetant un coup d'œil à ma montre. De quoi j'ai l'air ?

Je tourne sur moi-même, vêtue d'un jean noir et d'un haut blanc que je viens d'acheter, et Lacey sourit.

– Très jolie. Amuse-toi bien et envoie-moi un message dès que tu peux pour me tenir au courant des événements.

– D'accord, Lacey, je lui réponds en ricanant. J'essaierai. À plus tard, lui fais-je, avant de quitter rapidement l'appartement.

Je monte dans ma voiture pour me rendre chez les parents de Scott. Passer une soirée en compagnie de sa famille sans véritablement savoir où nous en sommes tous les deux me fait bizarre. Je suis à peine installée au volant que mon téléphone se met à sonner ; je bougonne en constatant que c'est Bob.

– Que voulez-vous, Bob ?, je lui demande sèchement.

Je dois encore m'entretenir avec lui de mon salaire, mais je ne suis pas d'humeur à écouter ses foutaises.

– J'ai quelque chose pour toi, déclare-t-il d'un ton enthousiaste.

– C'est-à-dire ?

– Un job de danseuse pour ce nouveau club, le « Go-Go Girls ».

– Danseuse ? Pour un club ?

– C'est un club de strip-tease, mais ce n'est pas un souci pour toi, n'est-ce pas ?

– Quoi ?

Je commence à me fâcher.

– Cinq cents dollars par semaine. (Il paraît excité.) Pour bosser seulement les vendredis et samedis soir.

– Quel est le rapport avec Candy Canes ?, dis-je en haussant le ton.

– Eh bien, c'est moi le gérant.

Il semble contrarié par mes questions. Je l'écoute m'expliquer qu'il s'agit d'une super occasion pour moi, que je ne dois surtout pas passer à côté.

– Allez vous faire foutre, vous et ce job, Bob !, je crie dans le téléphone. J'en ai terminé avec vous, vos boulots merdiques et vos manières de voleur. Je démissionne.

– Attends, quoi, Elizabeth ?, fait-il d'un ton paniqué.

– Au revoir, Bob. Supprimez mon numéro, dis-je en raccrochant.

J'éclate de rire en démarrant la voiture. Cela m'inquiète un peu de ne pas avoir suffisamment d'argent pour régler mes factures, mais je trouverai un autre travail. Je suis tellement contente de ne plus avoir affaire à Bob. Je me demande même comment j'ai pu tenir aussi longtemps.

Je prends place autour de la table de la salle à manger en compagnie de la fratrie Taylor ; je n'en reviens pas à quel point tout le monde m'a accueillie chaleureusement. En particulier Alice. Elle est étonnamment amicale et joviale avec moi. J'imagine que, maintenant qu'elle est officiellement avec Aiden, elle n'a plus aucune inquiétude à mon sujet. Je ris à une plaisanterie que Xander nous raconte à Liv et à moi, et j'observe Henry du coin de l'œil afin de pouvoir raconter à Lacey tout ce que j'apprendrai sur lui.

– À quoi veux-tu jouer, Elizabeth ?, me demande Liv alors qu'Aiden et elle se querellent à propos du Monopoly.

– Quoi, moi ?

J'ai le sentiment de me retrouver soudain dans une situation délicate. Tout le monde me fixe, et je reste là sans savoir que dire. Je me tourne vers Scott, qui m'adresse un petit sourire.

– Peu importe. Je suis simplement heureuse d'être là. Votre invitation m'a étonnée. (Je regarde Alice.) Je ne savais pas trop ce que tu en penserais en me voyant ici.

peu quand je sens tout à coup une main sur mon épaule.

– Hé, Elizabeth, m'interpelle Scott, qui pose sa canette sur la table. Je vais me chercher une autre bière. Tu m'accompagnes dans la cuisine ?

– Euh, d'accord. Bien sûr.

Je souris d'un air gêné et me lève. J'aperçois Alice et Liv s'échanger un sourire ; je sais qu'elles se doutent qu'il se passe quelque chose.

– À quoi tu joues ?, je souffle à Scott, une fois dans la cuisine.

– De quoi tu parles ?, me demande-t-il innocemment tout en ouvrant le réfrigérateur. Tu veux une bière ?

– Non. (Je secoue la tête et soupire.) Je ne te comprends pas, Scott. Tu attends quoi de moi ?

– Tu verras.

Il me sourit, et je sens sa main dans mon dos, qui chemine jusqu'à mes fesses. Je sursaute et jette un coup d'œil en direction de la salle à manger.

– Scott, tu fais quoi là ?, lui dis-je en lui lançant un regard noir.

– Pas grand-chose pour le moment, rit-il. Mais veux-tu savoir ce que j'ai envie de te faire ?, murmure-t-il doucement à mon oreille.

Mes jambes tremblent, et ma peau frissonne au contact de son haleine chaude. Il n'attend pas ma réponse et poursuit lentement d'une voix charmeuse.

– La prochaine fois que tu seras dans mon lit, je t'attacherai pour que tu ne puisses plus bouger, j'étalerai de la crème chantilly sur tes seins, puis je…

– Scott !

Mon visage s'empourpre quand je remarque les coups d'œil perplexes et curieux d'Alice et Liv. Toujours assises autour de la table, elles parcourent un album photo de leurs années au lycée en attendant que le jeu reprenne.

– Oui, Elizabeth ?

Il se recule d'un pas et m'adresse un sourire innocent.

– Arrête ça !, je lui souffle et lui donne une tape sur le torse dès que Liv et Alice détournent le regard.

– Arrêter quoi ?, me demande-t-il d'un petit air narquois, tout en faisant courir doucement son doigt sur mes lèvres.

– Tu ne peux pas faire ça.

Je le fusille du regard, avant de lorgner vers sa sœur et son amie. À quoi joue-t-il ? Va-t-il révéler que nous nous connaissions déjà ? Mon visage et mon ventre s'embrasent, alors que je lui fais face. Oh non, il ne va tout de même pas leur parler de notre histoire ? Non pas que cela me dérange, mais je ne veux pas que les autres me prennent pour une plus grande menteuse que je ne le suis. Oh, quelle ironie !

– Tu apprendras que je peux faire ce que je veux. Et je pense, poursuit-il en susurrant à mon oreille, qu'une fois que j'aurais étalé de la chantilly sur tes seins et ton ventre, tu me supplieras de faire ce que j'ai en tête.

– Et de quoi s'agit-il ?

J'ai la gorge nouée, je n'en reviens pas d'entrer dans son jeu. Comme si je me préoccupais de ce qu'il va dire. Comme si j'avais envie de ses lèvres sur moi. Encore. Je secoue légèrement la tête pour me rappeler à l'ordre : je n'ai absolument pas envie qu'il pose à nouveau ses lèvres sur moi. Ça non. Non merci. Je n'ai pas besoin de sentir le corps musclé et sensuel de Scott Taylor glisser en moi. Pas avant que nous ayons une bonne discussion. Pas avant que nous cessions enfin de jouer au chat et à la souris.

– Elizabeth, tu m'écoutes ?, souffle-t-il à mon oreille, et je fais un bond en arrière. Ou devrais-je dire Eliza… (Il s'interrompt pour afficher un grand sourire) Doolittle ?

– Que veux-tu que je dise, Scott ?, je lui rétorque, en haussant le ton, incapable de résister à son jeu.

– Je veux que tu me promettes que la prochaine fois que je te baiserai, tu ne joueras pas la comédie.

– La prochaine fois ?

Je suis bouche bée, non seulement à cause de son franc-parler, mais aussi parce qu'il pense que nous allons nous remettre ensemble.

– Oui. (Il sourit, et ses yeux bleus amusés plongent dans les miens.) Seulement cette fois, c'est toi qui auras le choc de ta vie !

– Tu n'es plus en colère à cause de la *lap dance* ?

– Non. (Ses doigts attrapent les miens, et il m'attire vers lui.) Alors, quand puis-je te revoir ?

– Ce soir, fais-je doucement (D'où sortent ces mots ? Je n'en reviens pas de les avoir prononcés.) Tu peux venir chez moi ce soir.

– Vraiment ? (Ses yeux, rivés sur moi, pétillent.) Tu en es certaine ?

– Oui, je suis certaine de vouloir que tu lèches de la crème chantilly sur mes seins, lui réponds-je avec un clin d'œil. Enfin, il faut qu'on parle. Je ne vais pas me jeter dans tes bras comme ça. Il faut qu'on discute de ce dont nous avons tous les deux envie et qu'on mette les choses au clair.

– Pardon, j'ai décroché après « la crème chantilly sur tes seins », marmonne-t-il.

– Scott !

Je lève les yeux au ciel, mais je suis déjà excitée. Je ne suis pas certaine de la réaction de Lacey lorsque Scott et moi allons débarquer ensemble, mais je suis presque certaine qu'elle sera heureuse pour moi.

– Bah quoi ? (Il se penche vers moi et m'embrasse rapidement.) Depuis que tu es arrivée, je ne pense qu'à te toucher et à baiser avec toi.

– Très romantique !, je grommelle, mais je ne peux m'empêcher de sourire. Les autres vont se demander ce qui se passe.

– On s'en moque. (Il rit.) Va chercher tes affaires. On s'en va.

– Quoi ? Mais la partie n'est pas terminée.

– Le seul jeu auquel j'ai envie de jouer consiste à venir en toi et à découvrir le nombre de positions différentes possibles.

– Pff, t'es nul !

– Pas si nul que ça. (Il sourit malicieusement.) Sinon, tu ne m'inviterais pas chez toi.

– C'est vrai, tu ne t'en sors pas si mal !

– Accorde-moi une chance, reprend-il sérieusement, son expression changeant soudainement. Je sais que j'aime plaisanter et que je suis cash, mais tu me plais, Elizabeth. Énormément.

– Tu me plais aussi. Et je suis prête à t'accorder une chance si tu veux bien m'en donner une également.

– C'est ce que je veux depuis le début, me répond-il en souriant. Allons-nous-en.

À suivre...

Découvrez en exclusivité
les premières pages de la suite
des aventures d'Elizabeth et Scott

– Lacey a l'air sympa, déclare Scott d'un ton distrait lorsque nous entrons dans ma chambre.

– Ouais, ma coloc' est une fille super, dis-je en le plaquant contre la porte. Embrassez-moi, monsieur.

– Tu ne cesses de me surprendre, Elizabeth. (Il me prend dans ses bras et pose ses lèvres sur les miennes.) Je ne sais jamais à quoi m'attendre avec toi.

– Je suis un vrai boute-en-train, une pochette-surprise sur pattes !

Je souris et parcours son torse de mes doigts. Son corps est chaud, et j'inhale son odeur, contente de me retrouver à nouveau si proche de lui.

– C'est tout à fait ça !

Il attrape ma main et me conduit vers le lit. Il me regarde et gémit. Il me fait tomber à la renverse sur le matelas. Je le fixe pendant qu'il ôte sa chemise : son visage ténébreux est empreint de désir.

– Sexy !, je lui lance avec un grand sourire. (Nous nous figeons tous les deux lorsque la sonnette retentit.) Lacey va aller ouvrir, lui dis-je en le faisant venir sur moi. Ne t'inquiète pas.

– Je ne m'inquiète pas, me répond-il tandis que sa main vient étreindre l'un de mes seins. J'ai des choses plus importantes à faire.

– Oh, Scott, je geins alors qu'il me pince un téton.

– Chut…

Il retire mon haut et dégage mes seins de mon soutien-gorge. Sa bouche vient se coller sur ma poitrine, et il se met à sucer vigoureusement mon mamelon. Je reste allongée, un grand sourire sur les lèvres, et je sens mes orteils se contracter lorsque sa bouche vient honorer mon autre sein.

– Elizabeth !, dit Lacey en frappant à la porte.

– Ignore-la, me demande Scott, et j'approuve d'un hochement de tête.

Je l'attrape par les cheveux et le tire vers moi pour qu'il m'embrasse encore. J'enroule mes jambes autour de sa taille et je gémis quand je sens son érection contre moi.

– Elizabeth !, s'écrie Lacey en toquant de nouveau à ma porte. Elizabeth !

– Je suis occupée, Lacey !, je lui crie sans bouger. Reviens plus tard.

– Elizabeth !, hurle-t-elle, en se montrant plus insistante. Il faut que tu viennes, il y a quelqu'un pour toi.

– Je n'attends personne, je bougonne tout en sentant Scott déboutonner mon jean.

– Elizabeth, Shane est là !, s'exclame Lacey, et je me fige.

Scott me regarde en plissant les yeux, et mon estomac se noue.

– Je n'ai pas envie de lui parler, dis-je, mais je me redresse malgré tout.

– Elizabeth, il faut que tu viennes. Maintenant, me supplie Lacey d'une voix anxieuse. Il t'a apporté son cadeau. Je crois que tu aimerais le voir.

– N'y va pas, m'implore Scott qui attrape ma main quand je me lève d'un bond du lit et remets mon haut.

– Je vais seulement lui dire de partir, je lui réponds, mais mon cœur cogne dans ma poitrine. Shane, l'homme que j'ai aimé pendant des années, va-t-il me demander en mariage ?

– Elizabeth !, crie Lacey. S'il te plaît, viens. Shane est là avec son cadeau, et ce n'est pas un objet… C'est… C'est… une personne ! Tu devrais sortir maintenant. (Elle tambourine à la porte.) Il faut que tu viennes, vite. Je crois que je vais m'évanouir.

– Oh non…

Je blêmis tout en regardant Scott. Je sais pertinemment qui Shane a amené avec lui. Il n'y a qu'une seule personne qu'il ferait venir pour me reconquérir.

– Elizabeth ?, m'interpelle Scott d'un air inquiet. Est-ce que ça va ?

– Oui, lui réponds-je en hochant lentement la tête.

Comment lui avouer la vérité ? Comment tout raconter à Scott à propos de moi et de mon passé ? Il ne pourrait pas comprendre. C'est impossible qu'il comprenne ce que je lui ai caché. Je ne sais que dire ni que faire. Il sait que Shane m'a fait du mal, mais il n'est pas au courant de tout. Il ne sait pas ce que j'ai fait. Ce que Shane a fait.

Ce que nous avons fait ensemble. Je ne sais pas comment Scott réagira lorsque nous franchirons cette porte. Ce qu'il pensera de moi. Tout ce que je sais, c'est que Shane ne va pas partir aussi facilement. Et qu'il a très envie de me récupérer. Il désire que nous ayons notre *happy end*. Le hic, c'est que je ne sais plus ce que cela signifie.

Remerciements

Je tiens avant tout à remercier les lecteurs qui sont tombés amoureux de Liv, Alice, Xander, Aiden, Scott et toute la bande. J'adore ces personnages et je suis ravie d'avoir pu raconter leur histoire.

Je souhaiterais remercier mes premières lectrices : Tanya Kay Skaggs, Katrina Jaekley, Stacy Hahn, Kathy Shreve, Chanteal Justice, Charlotte Spence, Cathy Reale, Cilicia White, Elizabeth Rodriguez, Carrie Franks-Fink, Barbara Goodwin et Kanae Eddings. Merci à toutes pour votre aide et vos remarques.

Déjà paru

Liv & Xander

Déjà paru

Alice & Aiden

Découvrez nos autres romans féminins

Seriez-vous prête à échanger votre vie avec celle de votre meilleure amie ?

Et si votre vie virtuelle devenait réalité ?

Dépôt légal : septembre 2016 – Numéro d'impression : 1605.0097
Achevé d'imprimer en France par Aubin Imprimeur.